乙女ゲームの破滅フラグしかない悪役令嬢に転生してしまった…12

山口悟

SATORU YAMAGUCHI

一迅社文庫アイリス

CONTENTS

破滅フラグしかない悪役令嬢に転生してしまった…

AKUYAKUREIJYOU NI TENSEI SHITESHIMATTA

人物紹介

キース・クラエス

カタリナの義理の弟。クラエス家の分家からその魔力の高さ故に引き取られた。色気のあふれる美形。魔力は土。

アラン・スティアート

ジオルドの双子の弟で第四王子。野性的な風貌の美形で、俺様系な王子様。楽器の演奏が得意。魔力は水。

ジオルド・スティアート

王国の第三王子。カタリナの婚約者。金髪碧眼の正統派王子様だが、腹黒で性格は歪みぎみ。何にも興味を持てず退屈な日々を過ごしていたところで、カタリナと出会う。魔力は火。

マリア・キャンベル

『平民』でありながら『光の魔力を持つ』特別な少女。本来の乙女ゲームの主人公で努力家。得意なことはお菓子作り。

メアリ・ハント

侯爵家の四女でアランの婚約者。可愛らしい美少女。『令嬢の中の令嬢』として社交界でも知られている。

ソフィア・アスカルト

伯爵家の令嬢でニコルの妹。白い髪に赤い瞳のため、周囲から心無い言葉を掛けられ育ってきた。物静かで穏やかな気質の持ち主。

★ジンジャー・タッカー

タッカー男爵の娘。
魔法学園の現生徒会メンバー。

★サラ

闇の魔力を持つ黒衣の女性。
闇の魔力に関する事件にかかわっている。

乙女ゲームの悪役令嬢
OTOME GAME NO HAMETSU FLAG SHIKANAI

カタリナ・クラエス
クラエス公爵の一人娘。きつめの容貌の持ち主(本人曰く「悪役顔」)。前世の記憶を取り戻し、我儘令嬢から野性味あふれる問題児(?)へとシフトチェンジした。単純で忘れっぽく調子に乗りやすい性格だが、まっすぐで素直な気質の持ち主。学力と魔力は平均かそれ以下くらいの実力。魔力は土。

ニコル・アスカルト
国の宰相であるアスカルト伯爵の子息。人形のように整った容貌の持ち主。妹のソフィアを溺愛している。魔力は風。

ソラ
火と闇の魔力を持つ青年。魔法省に勤め、職場ではスミス姓を名乗っている。ゲームの続編の攻略対象。カタリナを気に入っている。

★ラーナ・スミス
魔法道具研究室の部署長。カタリナの上司。有能だが変わり者。

★サイラス・ランチャスター
魔力・魔法研究室の部署長。真面目で堅物。ゲームの続編の攻略対象。

★ラファエル・ウォルト
魔法省に勤める青年。穏やかな性格の持ち主で有能。

★デューイ・パーシー
飛び級で一般の学校を卒業し魔法省に入った天才少年。ゲームの続編の攻略対象。

★ジェフリー・スティアート
王国の第一王子。常に笑みを浮かべた軟派な印象の人物。

★スザンナ・ランドール
ランドール侯爵家の次女。第一王子の婚約者。

★ポチ
闇の使い魔。普段はカタリナの影の中にいる。

★アレクサンダー
ラーナが作った魔法道具。ぬいぐるみのクマの姿をしている。

★ルイジ・クラエス
クラエス公爵家当主。カタリナの父親。娘には激甘。

★アン・シェリー
カタリナ付のメイド。カタリナが八歳のときから仕えている。

★フレイ・ランドール
ランドール侯爵の愛人の娘。魔法学園の現生徒会メンバー。

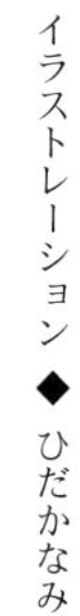
イラストレーション◆ひだかなみ

乙女ゲームの破滅フラグしかない悪役令嬢に転生してしまった…12

I was reborn as a villain daughter

第一章　日常

暖かい日差しの降り注ぐクラエス家の庭を小さな女の子が走り回っている。その楽しそうな様子を見ているだけで、私、カタリナ・クラエスの心は晴れやかになる。

魔法省の休日、庭に設置された椅子(いす)に腰かけ、テーブルに用意されたお菓子を食べながら子どもに癒される。なんてよい時間なのだろう。

ゆったりした気持ちになりながら、私は小さな女の子の姿に自分の子どもの頃(ころ)を思い出した。

我儘三昧(わがままざんまい)の高慢ちきな貴族令嬢として過ごしてきた私は八歳のある日、お城の庭ですっころんで前世の記憶を思い出した。

『日本』という国で女子高生として暮らしていた記憶だ。

その記憶が一気に馴染(なじ)んで、すっかりよい子になった私は、今世が前世で亡くなる寸前までプレイしていた乙女(おとめ)ゲーム『ＦＯＲＴＵＮＥ・ＬＯＶＥＲ』の世界であると気付いた。

そして自分の生まれ変わったのが破滅フラグばかりの悪役令嬢だということにも——。

私はなんとか破滅を回避するために様々な対策を始めた。魔力を高めるために畑を耕し、剣の腕を磨き、よりリアルな蛇のおもちゃの作成に努めた。

そして七年後、ついにゲーム舞台である魔法学園に入学し、ゲームヒロインであるマリアと出会った。

いざ勝負、破滅フラグ！　と意気込んでいたが、そこそこのピンチこそあれゲームは友情エンドで終わり、私は無事にフラグを回避することができた。

進級してからも誘拐事件などにも見舞われたこともあったがそれも解決し、やがて私は学園を卒業し、魔法省へと入省することができた。

さぁ、では社会人として頑張るぞと気合を入れた私はそこで衝撃の事実を知ることになった。

なんと『ＦＯＲＴＵＮＥ・ＬＯＶＥＲ』の続編が存在したのだ。

その名も『ＦＯＲＴＵＮＥ・ＬＯＶＥＲⅡ～魔法省での恋～』。

学園を卒業した主人公が魔法省へと入省し、以前の攻略対象とさらに恋を育んだり、また新たな攻略対象と恋に落ちたりするというゲームのようだ。

知ってしまった時はあせったが、よくよく考えれば悪役令嬢カタリナ・クラエスはⅠですでに殺されてしまっているか、あるいは国外に追放されてしまっている。

私は魔法省に入ったけど、ゲームのカタリナは魔法省には入っていない。ならば何も問題ない。もう破滅はないのだ。

そう安心したのもつかの間、夢で見たゲーム画面にはフードを被って再び舞い戻ってきた悪役令嬢カタリナの姿が……。そしてその後に待つのはやはり破滅。今度は国外追放より重い投獄……せっかく破滅フラグを回避したと思ったのに、まさかのまたやってきた破滅フラグに私の破滅フラグ回避の日々がまた始まったのだ。

とりあえず偶然手に入れた闇の魔法で逃げる時の目くらまし、また投獄された時に脱獄する方法を模索し練習しつつ、日々を過ごしていると、ゲームⅡがあと半年で終わることを知った。
よし、ならあと半年頑張りぬいて、今度も破滅を回避してやる！　と心に決めた私だった。

　頭の中、そのような文で締めくくり空を見上げた私に、

「こちらのお菓子も美味(おい)しいですよ。どうぞ」

と赤褐色の髪に瞳(ひとみ)の美女が勧めてくれる。

「ありがとうメアリ、いただくわ」

私はそう言ってメアリの勧めてくれたお菓子を口に入れた。

「美味しい」

私のその声に、庭をかけていた女の子が寄ってきた。
そしてじぃーと私の手にしているお菓子に視線を向けてきた。

「欲しいの？」

そう聞けば、少しびくりとした後に小さくこくりと頷(うなず)いた。

「どうぞ」

と新しいお菓子を取って手渡すと女の子は顔をほころばせた。

「……ありがとう」

　小さな声でそう言うとお菓子を口の中に頬張(ほおば)った。丸いほっぺで一生懸命もぐもぐする様子がすごく可愛(かわい)い。

「可愛い」

思わず口にするとメアリも、

「そうでしょう。うちの子、すごく可愛いんですの」

なんてのろけた風に言った。

メアリが女の子を呼び寄せてその口についたお菓子のカスを取ってあげると女の子はニコリとして、また庭にかけていった。

「ああ、可愛い」

「ええ、本当に」

二人でそう呟いた時だった。後ろから、

「ん、あれはどこのチビだ？」

聞きなれた少し粗野のある口調と声に振り返れば、銀髪碧眼の第四王子、アランの姿があった。

そしてその隣にはその双子の兄である第三王子、ジオルド、こちらは金髪碧眼の王子様だ。

アランの問いにメアリが、

「私の子どもですわ」

とさらりと答えるとアランはぎょっと目をむいた。

「えっ、嘘だろう。いつの間に産んだんだ？　というか父親は一体？」

すごく混乱しているアランにメアリは『ふふふ』と微笑んで、

「私とカタリナ様の子どもですわ」

などと言った。

「へっ、えっ、お、女同士で子どもが、いや、というかカタリナとメアリはいつの間に……」

と完全に頭がこんがらがり、慌てるアランに、なんとも言えない顔で見守っていたジオルドが口を開いた。

「アラン、落ち着きなさい。たちの悪い冗談ですから、あちらの子どもはメアリ嬢の二番目のお姉様の娘で姪ですから」

「へっ、姪?」

ポカーンとするアラン。

メアリはつまらなそうな顔になり、

「あら、嫌だ。知ってらっしゃったんですね」

と返した。

メアリがアランをからかっているだけなのだろうなと察し、口をはさまなかった私はなんとも言えず曖昧に笑った。

そう今、うちの庭を走っている女の子はメアリの二番目のお姉さんの子どもで姪っ子ちゃんなのだ。

今、お姉さんが二人目のお子さんを妊娠中であまり動けず、かまってあげられないからとメアリが預かっているのだそうだ。

この話を初めてメアリから聞いた時は驚いた。

それまでメアリと母親が違う異母姉さんたちは仲がよくないと聞いていたからだ。

そんな私にメアリは二番目のお姉さんと仲が回復した経緯を話してくれた。

「二番目の姉は学園時代に出会った旦那様と恋愛し婚姻したのです。姉にも旦那様にも婚約者はいましたが、どちらも円満に婚約を解消し二人を祝福してくれたそうです。ただ旦那様のご両親は以前の婚約者の方を幼い頃から可愛がっていらっしゃって婚姻して家に入るのを、それは楽しみにしていたそうです。そこに姉がその方を押しのけて入った形になってしまったもので、ひどく疎まれたそうです」

そんな経緯があり結婚して旦那さんの家に入ったお姉さんは、そこで義両親に嫌味を言われる生活を強いられるようになったという。

旦那さんの前ではさほど言ってこないが、仕事でいない時にはここぞとばかりに嫌味を浴びせられたという。

そんな中でお姉さんはメアリにしたことを思い出したのだという。

自分がそのような立場に置かれて、ようやく自分が末の妹にしていたことの愚かさやひどさに気が付いたという。

自分はなんてことをしてしまっていたのだろう。そう考えたが、でも今更謝りに行っても妹はきっと許してはくれないだろう。逆にののしられるかもしれないと思うと、勇気が出なかったそうだ。

でも一人目のお子さんを出産した後、喜んでくれた旦那さんがいなくなった場で『髪の色も瞳の色もうちの息子に似ていない。本当に息子の子なのかわからない。婚約者のいる男を寝取るような女の子どもなんて、どんな子になるのか』と言われた時にプツンと切れたらしい。

それまでは確かに祝福してくれたとはいえ、元の婚約者を押しのける形になってしまったし、旦那さんの両親だからと我慢して黙っていたが、命がけで産んだ大切な子どものことまで言われるとは我慢ならんとついに声を張り上げたらしい。

言われるままでなく言い返し、旦那さんにも今まで我慢していたことをすべて報告。

なんなら元婚約者さんにも連絡を入れて、彼女からも旦那さんのご両親に話をしてもらったらしい。

この元婚約者さんもなかなかの人で、

『元々、彼に恋愛感情はまったくありませんでした。彼が愛する人を見つけた時は幼馴染として祝福したのですが、そんな彼の愛するお嫁さんをいじめるような人たちだったなんて幻滅しました』

などと言い切り、それを聞いた義両親はようやくメアリのお姉さんへの態度を改めたのだという。

そのように切れたお姉さんが参考にしたのが強くなったメアリの姿だったそうだ。

実はメアリは、元々は大人しく姉たちに悪口を言われるがままで、俯いているような子だったのだ。それがだんだんと強くたくましくなっていき、姉たちにも言い返し、胸を張って前を見る凛と強い子になったのだ。

お姉さんはそんなメアリを思い出し、自分も言われっぱなしで俯くのはやめて前を向くことにしたのだそうだ。

そうして家のことを解決し、体調も十分に回復した頃、お姉さんはメアリの元へやってきたのだという。

そしてこれまでのことを深く謝罪してきたという。

『あさましく許してもらおうとは思っていないわ。ただでもどうしても謝りたかった。そして自分が変われたのはあなたのお陰でもあるからお礼が言いたかったの。今までごめんなさい。そしてありがとう』

そう言って深く頭を下げたお姉さん。もちろんすぐにすべてを許すことはできなかったが、それでもその出来事から、親交を図るようになり次第に関係も変わっていったのだという。

やがて今ではお姉さんの体調がいまいちだからと娘さんを預かる仲にもなったという。

「二番目の姉は一番目の姉にほとんど従っている感じで、どちらかと言えば昔の私に近い大人しいタイプだったのに、今では、いまだに私を嫌って嫌味を言う一番目の姉に、私を庇って強く言い返してくれるようになったのですよ。本当に驚きです。人は変われば変わるものですね」

そんな風に話してくれたメアリの顔ははにかんでいて、なんだか小さな子どもみたいに見えた。

そのような経緯で今日も預かった姪っ子ちゃんと遊びに来てくれたわけだけど、なぜ婚約者であるアランは何も知らず、ジオルドが知っているのだろう。

「そのくらいの情報は把握済みです」

どことなく黒い笑顔でそう言ったジオルド。うん。敵に回したくないタイプだ。

「しかし、メアリに姪っ子か、本来なら俺たちにだって甥や姪がいたっておかしくないはずなんだよな」

アランがそんな風に漏らした。

確かにアランやジオルドにも兄が二人おり婚約者もいる。もう本来なら婚姻して、子どもが生まれていてもおかしくない年齢だ。前世の感覚だと全然だが今世での婚期は早い。

第一王子であるジェフリーとスザンナの二人は今世ではもう遅い方になってしまっている気がする。

「イアン兄さんは堅物だから、どうせジェフリー兄さんたちが婚姻するまでは……とか思っているんでしょうね」

ジオルドがそんな風に言う。

イアンと言えば『婚約者のセリーナが可愛らしすぎてつい触れてしまいそうになる。婚姻前の接触などいけないのに』と無駄に距離を置いていたという第二王子である。

そのせいで婚約者であるセリーナは自分はイアンに嫌われていると悩んでいたほどだ。

今では誤解が解けてラブラブみたいだけど。

堅物、確かにそんな感じだな。

「ああ、イアン兄さんの考えそうなことは俺でもわかるが、しかしジェフリー兄さんはいつまでああしているつもりなんだろうな。婚約者のスザンナ嬢と仲が悪いわけではないのだろう」

アランが不思議そうにそう言った。

それは私も思っていた。あの二人が一緒にいるところで何度か会っているが仲はよい感じだった。

「そこはまぁ色々と事情があるのでしょうが……」

ジオルドは何か思い当たることがあるのか少し言葉を詰まらせた。

「……しかし、ジェフリー兄さんの考えはともかく、周りはだんだんとしびれを切らしてきているようですね」

「ああ、ジェフリー兄さんの派閥の奴ら（やつ）か？」

スティアート四兄弟というか主に上二人のお兄さんにはそれぞれの派閥がついている。そして表向きは敵対している。裏で四兄弟が実は仲良しと知っているのは私を含め仲の良いメンバーだけで、それ以外は知らないことだ。

「ええ、特に婚約者であるスザンナ嬢の実父ランドール侯爵はかなり不満をためているようで所々で愚痴を漏らしているようですよ」

ジオルドのその言葉を聞いたアランは、

「ランドール侯爵って、あのおっさんか……面倒なことにならなければいいが」

そんな風に言って難しい顔をした。

ちょっと、こんな穏やかなクラエス家の庭であまり穏やかじゃなさそうな話をしないで欲しい。

遠くで大きく手を振る姪っ子ちゃんには聞こえてないとしても、私やメアリには聞こえてるよ。

賢いメアリや私はなんとなしに聞き流してるけど、そんなの私たちに関係ない話――とはいかないのだよな。

現状、私とメアリは王子たちの婚約者であり、次期国王は長子がなるのではなく指名制と定められているこの国で私たちの立場は決して無関係ではないのだ。

「もしかして言いくるめることができないジェフリー兄さんを切り捨てて僕やアランにすり寄ってくる可能性もあるかもしれません。その時は気を付けてくださいよ。単純で騙されやすいんですから」

ジオルドのその言葉にアランは眉を寄せる。

「お前な。実の弟をそんな風に言うか」

「実の弟だからこそ言ってあげているのでしょう」

しれっと言ったジオルドにアランは肩をすくめて息を吐いた。口では勝てないとでも思ったのかしら？　その通りだけどね。私も勝てん。

「アラン様、ジオルド様はただ大切な弟が心配なだけですわ。そういうところは素直になれない方なのでこういう言い方になってしまうだけですわ」

メアリが姪っ子ちゃんを見つめるのと同じ眼差しでアランとジオルドを見つめそう言った。

ジオルドの顔がやや引きつる。

「メアリ・ハント嬢……」

ジオルドは何か言いかけたが、自愛の瞳で見つめるメアリに言葉を呑み込んだようだ。

「ジオルド様、大事な弟であらせられるアラン様のことは私もよく見ておきますわ」

にこりと笑ったメアリにジオルドはやや頬を引きつらせ、

「……お願いします」

と言った。

保護者二人に心配される形となったアランはひどく複雑そうな顔をしていた。

普段から皆に同じような扱いを受けている私は、そんなアランの横に行って「どんまい」と肩を叩き、温かな眼差しを向けた。

すると、アランはむっとした表情になり、

「おい、どういう意味だそれは？」

と言ってきたので、

「保護者に心配されて、どんまいという意味です」

生暖かい眼差しを向けながらそう答えてあげる。

「保護者ってジオルドとメアリのことか？」

「はい」

そりゃそうだよ。私は大きく頷く。

「……いや、確かにジオルドとメアリはしっかりしている。五十歩いや百歩譲って俺の保護者と言われても仕方ないかもしれない。だが、お前にそんな哀れんだ顔をされるのは我慢ならん！　お前みたいなすべて保護者にフォローされているようなお子様に！」

アランはびしりと私を指さし声高らかにそう言った。

「なっ、自分のことを棚にあげて！　私だって少しはちゃんとできるようになってますよ」

まだフォローされることも多いけど、ちゃんと立派に魔法省の職員をやっているのだ。すべてフォローされているわけではない。

「はっ、自分でも少しはって認めているじゃないか、お前に比べれば、俺の方がまだしっかりしている」

「うっ、それは――」

確かに私よりはアランの方が多少しっかりしている……かもしれない。うぬぬとなる私に

アランは勝ち誇ったように、

「ほら、やっぱりお前の方がお子様だ」

とガキ大将みたいな笑みを見せて頭をぐしゃぐしゃにされる。

うぬぬぬ。私は頬を膨らませてアランを睨む。

ジオルドやキースに世話をやかれているのは自覚しているし、子ども扱いされるのも仕方ないと思えるのだけど、アランに子ども扱いされるのはどうも我慢ならないのだ。

ジオルドたちは昔から大人びていてしっかりしていたけど、アランは私よりもっと子どもっ

ぽくて悪ガキだったというのに！

　何か返してやろうと考える私の頭を容赦なくかき混ぜるアランの手がふいに止まったと思うと、

「アラン、女性の髪にそんな風に気軽に触れてはいけませんよ」

　ジオルドがアランの手を引きはがし微笑んで言った。

「そうですよ。アラン様、いけませんわ」

　メアリもそう言って微笑んだ。その声音は子どもを叱るような感じだけど、二人とも笑顔が何だか黒い気がする。

「……ああ」

　アランも兄と婚約者の黒い笑顔に気押された風にそう答えた。アランの保護者たち、だんだん雰囲気が似てきたような気がする。

「あっ、ジオルド様たちにメアリ。いつの間に上がり込んできていたんですか」

　黒い笑顔の後ろの方から義弟キースが登場した。その後ろにはアスカルト兄妹の姿もあった。どうやら二人が遊びにきて、それをキースが連れてきてくれたようだ。

　そしてどうやらキースはメアリとジオルド、アランが来ていることは知らなかったらしい。

「上がり込んできたとは失礼ですね。ちゃんとクラエス家の使用人に許可は得ていますよ」

　ジオルドはそう答え、メアリも同じように言った。

「こちらに報告はきていないんですけど……うちの使用人はもう懐柔されているんですね」

キースがどこかげんなりした様子で言う。

「もう僕は家族枠ですからね」

ジオルドはにこりとそう言い、メアリも、

「ええ、私も」

と微笑む。

ジオルド、アラン、メアリ、それにソフィアにニコルももうかれこれ十年近い付き合いでそれもかなり頻繁に我が家に遊びに来ているからな。確かにもう家族枠になっていて使用人もどうぞどうぞと通すくらいの仲だものな。

「カタリナ様、お休みだと聞いてお勧めの本を持参して遊びにきましたわ」

ソフィアがにこにことそう言って近づいてきた。

メアリもジオルドもそうだけど、皆、なぜ私のお休みを知っているのだろうか。いや、こうしてお休みになると皆が来てくれて嬉(うれ)しいのだけど、単純になぜなんだろうと疑問だ。

ソフィアのすぐ後に、

「おちゃくだしゃい」

とメアリの姪っ子ちゃんがテーブルのところへ戻ってきた。喉(のど)が渇いたらしい。舌足らずなしゃべりも可愛らしい。

「まぁ、どちらのお嬢さん？」

ソフィアがそう言って姪っ子ちゃんに話しかけると、姪っ子ちゃんはそこで知らない人がい

るのに気が付いて恥ずかしくなったようでメアリの後ろにそっと隠れた。すると、メアリが、

「私の子どもです」

とさらりとまたアランに言ったのと同じことを言った。

メアリ、そのネタ気に入っているのね。

「えっ、アラン様、いつの間に！」

キースがそう言って驚いてアランを見た。

確かにアランとメアリは婚約者だものね。

そしてメアリの子どもだといえば必然的にアランの子ということになるわけで――まぁ、メアリの子だったらの話だけど。

「はぁ、いや、何言ってんだ。キース、違う、俺は何もしてない」

アランがえらくあせって首と手をぶんぶんと振った。

「そうです。アラン様のお子ではありませんわ。この子は私とカタリナ様の子ですわ」

メアリが再びあの冗談を言った。いや、さすがにキースはアランほど簡単に騙されないだろうと思ったが……同じように固まってしまった。

「女同士で、いや、まさか……」

キース、あなた、私がゲームのようなチャラ男にならないようにと必死に純朴にと育てたせいで……色々と知識のないまま育ってしまったのね。ごめんなさい。女性同士で子どもはできないのよ。

そんなキースの横で今度はこちらは色々とおかしな知識を詰め込みすぎているらしいソフィアが、

「えっ、ついにこの世界でも同性同士で子どもができるようになったのですか、まさか性別を変える薬が――」

とか怪しげなことを言っている。

ソフィアの読む本のジャンル、少し改めてあげた方がいいんじゃないかしら。

私がそんなことを考えながら思わず遠い目になって友人たちを見守っていると、同じような目をしたジオルドが、ニコルに、

「この面子いくらなんでも少し単純すぎやしませんか」

と漏らしていた。

「仕事等ならこんなことはないのだろうが、カタリナのことでは特にポンコツ気味なのだろう。カタリナの影響を強く受けてきているのもあるのだろう」

ニコルが淡々とそんな風に答えていた。

その私の影響というのは悪い意味なのか？　いい意味なのか？

「あと、あなたの妹さん、もう少し読む本を注意した方がいいと思いますよ」

ジオルドが女性同士で子どもを作る方法をつらつらと語るソフィアに目を向けて言った。くしくも私と同意見だった。

「……善処する」

ニコルは遠い目でそう返した。

激しい混乱を見せつつも、ようやく女の子がメアリの姪っ子ちゃんだと皆が知ることになった頃、クラエス家の使用人が私に手紙を運んできた。

「あら、ジンジャーからだわ」

その手紙は私が学園で育てていた畑を引き継いでくれた後輩のジンジャーからだった。

そこには『託された畑の野菜の多くが収穫時期を迎えたのでよかったら一緒に収穫しませんか？』というようなことが丁寧に書かれていた。

学園の畑の収穫、ぜひやりたい！　そしてこれまでのように収穫した野菜を美味しくいただきたい。

収穫祭やりたい！　と思い立った私はこの場に集まっている皆に相談した。

すると皆も乗り気になってくれた。学園にいる時はしていたものね。

私はすぐにジンジャーによい返事を書いてやり取りし、皆の都合を調節して、学園で収穫祭を開催することとなった。

当日、予定を合わせていたので、前の生徒会メンバーと現生徒会メンバーほぼ全員参加の元に収穫祭は開催された。

八歳から畑を作り始めた私、それをずっと手伝ってくれていた義弟と友人たちの手際がいいのはもちろんのこと、現生徒会メンバーであるジンジャーやフレイの手際の良さにも驚かされた。

ジンジャーは実家で少し野菜を作っていたことがあるとのことだったけど、フレイなんて生粋のお嬢様で土仕事なんてしたことはなかったようなのに、いつの間にか熟練の農家さんのような鮮やかな手つきになっている。

その凄まじい成長っぷりに、

「フレイすごい手馴れてきたね」

と声をかけると、フレイは、

「私、結構器用な方なんですよ」

と言ってふふふと笑った。

「いや、だとしてもすごいよ。熟練の農家さんみたいよ」

私などここまでくるのにどれだけかかったことか。

「熟練の農家さんって、ふふふ」

フレイはおかしそうに笑うと、こう付け足した。

「でもこうして土をいじるのすごく楽しいんです。だからなんやかんやで毎日、ここに足が向いちゃって、だから慣れてきているのだと思います」

「えっ、フレイ、畑仕事を楽しいと思ってくれたの？」

どこからどう見ても生粋のご令嬢であるフレイが畑を楽しいと言ってくれたことが嬉しくて

身を乗り出して尋ねると、

「はい。ジンジャーのお手伝いと思って軽い気持ちで始めたのですが、自分の手で植えた野菜がぐんぐんと育っていくのがとても嬉しくて、手をかければかけた分だけ実りもよくなっていくのを見て面白さも感じるようになって、今ではジンジャー以上に通ってしまっているかもしれません」

フレイはそんな風に答えてくれた。

在学中、ジンジャーとは結構接する機会があって話したりしていて、その横にフレイがいることが多かったけど、フレイ個人とちゃんと話したことはあまりなかったかもしれない。

フレイは見た目も所作も完璧なご令嬢という感じで、畑仕事はあくまで彼女の仲良しのジンジャーがしているから手伝っているというイメージが強かったのに――まさかこんな風にはまってくれているとは、それも私がはまった理由に似ていて嬉しくなってしまう。

私はフレイに――野菜たちの様子はその日によって、いやその時間によって違うのでそこを見極め、どこで何をするのがその子にとって一番いいのか考えて――と熱弁を振るってしまった。

人によっては興味ないか呆れてしまうかもしれないそんな話をフレイは目をキラキラさせて聞いてくれた。

「すごく勉強になります」

私の熱弁を聞いてフレイはそう言って顔をほころばせたので、私の頬も自然とふにゃりとなる。

今日、ここで話してフレイの印象が少し変わった。

「フレイがこんな風に畑の話を聞いてくれるなんて思わなかった。フレイは畑仕事なんて興味ない生粋の貴族令嬢だと思ってたから」

私がそう言うとフレイは少し目を見開いて言った。

「そうですね。私も自分は『貴族の令嬢』という『もの』だと思っていました」

「フレイ？」

フレイの台詞の意味がよくわからず聞き返すと、フレイはどこか切なそうに微笑んだ。そして、

「カタリナ様、私、ずっとカタリナ様にお礼を言いたいと思っていたんです」

そんな風に言った。

「お礼？　私、フレイに何かしたかしら？」

心当たりは何もなかったが、フレイは大きく頷いた。

「ええ、私がまだこの学園に入学する前のことです。学園を見学しに来てそのままフラフラ歩いていたらこの畑にたどり着いたんです。そしたら、作業着を着たカタリナ様が畑仕事をしていたんです」

「えっ、そうなの」

学園に入る前のフレイと畑で出会った？　う～ん。思い出そうと記憶を引っ張り出すが、思

い出せない。

首を捻る私にフレイはクスリと笑った。

「入学式の少し前くらいだと思います。ただあの時の私は今とはだいぶ違う感じだったので、そうですね。感情のない人形みたいな感じですかね」

感情のない人形みたいな感じ、今のフレイからはまったく想像できないのだけど。そう思いつつ、記憶を思い返してみると、

「あっ」

そうだ、あれは確か春休みもそろそろ終わるかという頃だった気がする。

学園に付き添ってくれていたアンと共に種イモを植えるための畝を作っていた時、あまり人のこない畑に一人の女の子が現れたのだ。

「思い出してくれましたか？」

そう言ってにこりとしたフレイを正面から見ても、やはりあの女の子と同じ人物とはすぐに思えない。

それほどまでに雰囲気が違う。

今のフレイは堂々として意志の強そうな光を目に宿しているのに対し、あの時の子は自らの意思などない、まるで何も映し出していないような目をしていた。

「思い出したけど、同一人物とは思えないくらい違ったのだけど」

素直にそう言うと、フレイは、

「それは嬉しいです。私はあの人と、カタリナ様のお陰で変われたのですから」

　そう言って笑い、空を仰ぎ見た。

★★★★★

　私、フレイ・ランドールはずっと父親であるランドール侯爵の言うことを聞くだけの人形として生きてきた。

　お前はそのために生きているのだとずっと言われてきたから、ただランドール侯爵に言われるままに動き、それをおかしいとも感じなかった。

　いや、もしかしたら昔はおかしいと感じていたのかもしれないが、反抗的なことをすれば暴言や暴力をふるってくるランドール侯爵を前に心がマヒしていったのかもしれない。

　ランドール侯爵の妾（めかけ）の一人である母はいつも侯爵に怯（おび）えていた。

　元々、母親はそれなりの魔力を持っているからと身分の低い貴族の家から借金のかたに買われてきた立場だったようだ。

　私を産んでから身体（からだ）を壊し子を産めなくなった母は私の世話係としてだけの立場で屋敷におかれていた。

母は私を娘とわかっているのか疑問を持つくらい使用人の一人として接していた。

そんな使用人としてしか関わらない母、指示を出してくるだけの父の元、私は家庭教師だけはたくさんつけられ様々なことを叩き込まれた。

私の役目はランドール侯爵のために事がすすむように動くこと。

最終的にはランドール侯爵の利益のためになる結婚をすること。そのために生かされている存在なのだと聞かされ育った。

魔法学園に入学間近となってもそのことが変わることはないと思っていた。

あの人と出会うまでは――。


それは魔法省へランドール侯爵と共に赴いた時だった。

魔法省の幹部に魔力の高い娘の存在を利用して自分を売り込みたかったのだろうランドール侯爵は、その売り込みが失敗に終わりひどく苛立っていた。

その苛立ちが娘に向いたのだろう。幹部の部屋を出てしばらく歩き廊下に二人きりになると、ランドール侯爵は私を睨みつけて言った。

「お前が愚図なせいで取り合ってもらえなかったではないか！　この出来損ないが！」

ランドール侯爵はそう言って私をののしった。

私はいつものように、

「申し訳ありませんでした」

と頭を下げる。

しかし、この時、ランドール侯爵の怒りはこの程度では収まりきらなかった。彼は私の下げた頭を上から殴りつけた。私はよろけて廊下に倒れた。

「頭を下げればそれでいいと簡単に考えやがって、この愚図が！」

怒号とともに再び叩かれると身構えた私だったが、ランドール侯爵の手がなかなか飛んでこないのを不思議に思い恐る恐る顔を上げてみると、そこには振り上げた腕を女性に掴まれているランドール侯爵の姿があった。

女性は黒髪に眼鏡をかけた綺麗な人だった。その瞳は冷たくランドール侯爵を見つめていた。

「貴様、何をする」

ランドール侯爵が女性を睨みつけ吠えるようにそう言った。

「あなたこそ、このような場所で女性に対して何をしているのですか？」

女性の声は綺麗だったけどすごく冷たかった。そしてその手はランドール侯爵の腕をとったままだ。

ランドール侯爵は乱暴に自分の腕を女性の手から振りほどくと、

「これは娘で、今、躾をしていたところだ。貴様のような小娘に関係ない。さっさと消えろ！」

と女性を睨みつけ言う。

その剣幕に私は震えそうになるが女性は涼しい顔をしたまま、

「罵声を投げかけ暴力を振るうことが躾とはおかしなことをおっしゃいますね。それから私は小娘ではありません。魔法省の幹部の一人でラーナ・スミスです」

と口にした。

「魔法省の幹部のラーナ・スミス……最近、幹部になったと聞いた名だが、それがこんな小娘とは魔法省も落ちたものだな」

ランドール侯爵は馬鹿にしたようにそう吐き捨てた。

「落ちているのはあなたの方でしょうランドール侯爵。その顔についている目は節穴で何もわかっていない。私は魔法省幹部なんですよ。あなたが取り入ろうとしている方たちとも深く付き合いがある。意味がわかりませんか?」

女性、ラーナ・スミスが唇を吊り上げ、挑発的にそう言うと、それまで強気だったランドール侯爵がぐっと怯んだ。

女性に自身の正体がバレていると思っていなかったのかもしれない。

魔法省の幹部と近づきたいがためにここに訪れたのに、このように幹部の一人を馬鹿にしてしまっては彼の目的への道は遠のく。

それでもランドール侯爵の矜持が自分よりずっと若い女性に謝罪をすることをよしとしなかったのであろう。彼は、

「くっ、今日はもういい。お前も勝手に帰れ」

そう吐き捨てると廊下に倒れる私を残しスタスタとどこかへ歩いて行ってしまった。

おそらく乗ってきた馬車でランドール家へ帰るか、それとも憂さ晴らしに街へ繰り出すのかもしれない。私は自身で帰らなければいけなくなったが、それでも魔法省には貸し出しの馬車も準備されているし問題ないだろう。むしろこれ以上、機嫌が悪いランドール侯爵に暴力を振るわれなくてほっとする。

床に座り手をついたままそっと息を吐きだす私に、

「大丈夫か？」

その声と共に手が差し伸べられた。目の前のラーナ・スミスの目にはもうあの冷たい色はなく心配そうに私を覗(のぞ)き込んでいた。

「ありがとうございます」

私はそうお礼を言うと手をとり立ち上がった。床に座ったため服に汚れがついたのでそれを払う。ラーナ・スミスがそんな私の様子をじっと見ていた。

もう立ち去ってもいいはずなのに、なぜかこの場を立ち去らず私を見つめるラーナ・スミスに、

「あの、何か？」

と問いかけると、

「いつもあんななのか？」

そう問い返された。

それがランドール侯爵の先ほどの所業であることは明白だった。家の恥を出すべきではない。ランドール侯爵のためにならないことはしてはいけない。そう言われていた。言いつけを守るならばここは「そんなことはありません」と返すべきなのだろうが、

「……はい。いつもそうです」

気付けばそう口にしていた。

ラーナ・スミスが小さく息を呑んだのがわかった。彼女はしばしの沈黙の後、

「……そうか」

とだけ答えた。その声はなんだか切なく響いた。

この人は私を哀れんでくれたのだろう。魔法省の幹部で力がある人なのだろうが、家庭内のことまではどうしようもない。

「大丈夫です。もう慣れましたから」

私は通りすがりで哀れんでくれた優しい人に精一杯の強がりを言った。顔に作り物の笑顔を張り付けて。

すると、ラーナ・スミスの手が私の頬に触れた。驚いているとその手は私を拭ってくれた。

自分でも気が付かなかったが私の頬に涙が流れていた。

なぜ？　流れる涙の訳が自分でもわからない私の頬にラーナ・スミスはハンカチを当てて言った。

「諦めるな。諦めないで前を向いていてくれ……もう少ししたらきっと……」

最後に彼女の呟いた言葉は小さすぎて聞き取れなかったけど、ハンカチで拭われた頬はなんだか温かくなり心も軽くなった。

私の涙が止まるのを確認してからラーナ・スミスは私を魔法省の出入り口まで送り馬車を手配してくれた。

何度も頭を下げお礼を言う私にラーナ・スミスは「気にするな」と頭を撫(な)でた。

そして私は馬車に揺られランドール家へと帰宅した。

ランドール侯爵は予想通り憂さ晴らしに出かけたらしく家に帰っておらず、深夜まで帰らず帰ってくると酒に酔っていてそのまま眠ってしまったらしい。

翌日も二日酔いで起き上がれないとかで、部屋から出てくることなく、あの魔法省での件はうやむやになり私はこれ以上殴られることがないと心底ほっとした。

しかし、それと同時に私の心には何か、今までになかったものが芽生えていた。

すべてがどうでもよかった。ランドール侯爵のために動くことそれだけに生かされているだけだったのに。

『諦めるな。諦めないで前を向いていてくれ』

あの日、ラーナ・スミスにもらった言葉が何度も頭の中を反芻(はんすう)していた。でもどうしたらいいのかはわからないまま時が過ぎていく。

魔法学園に挨拶に行くから同行するようにランドール侯爵に言われたのはそれからしばらくしてのことだった。

魔法省と同じ敷地内に立つ魔法学園はいわば将来の魔法省職員の養成所的な部分もあり、その繋がりは深い。

魔法省幹部との繋がりを求めていたランドール侯爵は学園の方からなんとか繋がれないかと、娘が次の年度に入るので挨拶をという名目で媚びを売りにきたというわけだ。

魔法省幹部にあしらわれた時とは違い魔法学園ではかなり丁重な扱いを受けることができたためランドール侯爵の機嫌は悪くならず、罵声を浴びせられることも暴力を振るわれることもなく安心した。

そのまま城へと行くというランドール侯爵と別れ私は帰宅するように命じられた。

これまでの私ならそのまま素直に馬車に乗って帰宅しただろう。

しかし、この日の私は思ってしまった。もうすぐ入学する魔法学園をもう少しちゃんと見てみたいと。

ランドール侯爵の挨拶など所詮、魔法学園に媚びを売るためのもので娘と見学などと口では言っていたが、私は実際に何も見せてもらっていなかった。

ラーナ・スミスに言われてから私はなんとなく少しずつ前を向くようになっていた。

そうして前を見ていたら学園はなんだかとても素敵なところに思えたから見てみたいと思ったのだ。

私は自分の意思で学園を見学することを決めた。後でランドール侯爵に咎められてもかまわないと思った。いつもはあんなに彼を恐れて従わなければと思い続けていたのに。

自分の足で見て回りたい。私は付き添うという使用人すら断り一人学園を回った。

初めて一人で自分の意思での行動は胸を高鳴らせ、学園の隅から隅までを回った。

そして、私はその場所にたどり着いた。

それはどう見ても魔法学園にあるはずのない場所で驚きで固まってしまった。

私は呆然と目の前に広がった畑を見つめていた。すると、

「あら、あなた誰？」

そう声をかけられてそちらに目をやると農作業着姿の女性がこちらを見ていた。

「あの、来年度から入る新入生です」

不審者と思われては困るので咄嗟にそのように名乗ると作業着の女性は、

「あら、じゃあ後輩ね」

とにこりとした。

その姿からてっきり庭師か何かだと思った女性はなんと学園の生徒だったようだ。

ならば、貴族の令嬢？　いや、でも貴族令嬢がこのような格好で畑を耕しているなんてありえない。そうだ、一つ上の学年には確か平民で光の魔力持ちの人物がいると聞いている。もしかしてその人物だろうか。

「あの、あなたは噂の光の魔力保持者の方ですか？」

　そう聞いてみると女性はにっとして、

「それは私の友達だよ。私はカタリナ・クラエスっていうの。よろしくね」

と答えた。

カタリナ・クラエス。それは聞いたことのある名だった。クラエス公爵家の一人娘で第三王子の婚約者だ。

　私以上の高貴な身分のご令嬢！　なんでそんな人が、

「あの、ここで何をされているんですか？」

　本来なら自分より高貴な身分の方に名乗られたのなら名乗り返さなければいけないのだが、それ以上に驚きと疑問が勝り気が付けばそのように問うていた。

　私の態度は貴族令嬢として失礼なものであったがそれでもカタリナ・クラエスは気にした様子もなく、

「ああ、種イモを植えるために畝(うね)を作ってたのよ」

と私にはよくわからない答えをくれた。

　つまりは農民がやるような畑仕事をしていたという認識でいいのだろうか。なんでこんな高貴な身分のご令嬢が畑？　何か深刻な事情があるのだろうか？

「あの、なんでそのようなことを？」

　今日の自分はなんだかすごく口が動いてしまう。いつもなら初対面の人にこんな風に話しかけないのに。

「えっ、趣味よ」

返ってきた答えがあまりに予想外で私はまた固まってしまう。

「しゅみ」

おうむ返しに呟くとカタリナ・クラエスはにっと笑って、

「そう、趣味。ただやりたいからやっているだけ」

そんな風に言い切った。

何か深刻な事情があるのかもなんて思っていた自分がおかしく思えるくらいあっさりとした答え。

そして畑仕事を趣味でやりたいからやっているだけと言い切ったカタリナ・クラエスの姿はとても自由で輝いて見えた。

その輝きに魅入られるように私は彼女にこんなことを聞いてしまっていた。

「あの、私、ある人に諦めないで前を向いてと言われたんです。でも、そこからどうすればいいかわからなくてどうすればいいのでしょう？」

この言葉をもらってから、なんだか心に幕がかかったみたいでもやもやした。どうすればいいかわからなくて、誰かに聞いてみたくて、でも聞く人なんていなくて——だからついこの初対面の人に聞いてしまったのだ。この自由に溢れキラキラした人なら何か答えをくれる気がしてしまって。

私の問いにカタリナ・クラエスはきょとんとした顔をした。

それはそうだろう。初対面の後輩にこのような意味深な問いかけをされればそれは困ってしまうだろう。あまりに不躾だった。

「あの、すみません。突然、お邪魔しました」

私はいたたまれない気持ちになり、そのまま立ち去ってしまおうと思ったのだけど、カタリナ・クラエスは口を開いた。

「進めばいいんじゃないかな」

「えっ？」

「諦めないで前を向いたなら後は、前に進めばいいと思うよ」

カタリナ・クラエスは先ほどと同じようににっと笑ってそう言った。

「……まえにすすむ」

「うん。足をこう出して進むのよ」

カタリナ・クラエスはそう言って足を出すとぐんと前に大きく飛んだ。

太陽が降り注いだ庭で作業着の女性が飛んだその姿は、はた目にはおかしな光景だったかもしれない。でも私はまるで神様の肖像画を見たような神々しい気持ちになった。

私の心をずっと覆っていた幕みたいなものが一気にはがれたように不思議な気分になった。

前に進めばいい。足を踏み出して。

そうだ。本当はわかっていた自分のしたいこと、このままじゃ駄目だって。

世界が一気に開けた気がした。すべて灰色だった世界に色がついた。

　あの時はちゃんと理解できていなかったラーナ・スミスの言葉が心にしみわたっていった。

ラーナ・スミス、いいえラーナ・スミス様からいただいたもの、そしてその後のカタリナ・クラエス様との出会いで私は今までの操り人形だった自分を捨てることができた。そして新しい自分になれた。

　閉ざしていた心は開いた。するとあんなに絶対だと思っていたランドール侯爵への恐怖も忠誠も消えていく。

「ありがとうございます」

私は私が自分自身で心に覆い被せていた重たい幕をはがしてくれた人にお礼を言う。

「えっ、なんのお礼」

カタリナ・クラエス様はきょとんとした顔になる。なんというか本当に裏表がない感じの人だ。

「私、学園に入るまでには少しでも進もうと思います」

私は自身の決意を口にする。

カタリナ・クラエス様にとったら何を言っているのかという感じだとは思うけど、彼女はまた同じように笑って、

「頑張ってね」

と言ってくれた。

「はい」

そして私はカタリナ・クラエス様にきちんとお別れを告げ、しっかり前を見て歩き出した。

ただこの後、馬車に乗ってから自分の名を名乗らなかったことを思い出し、慌てることになるのだが（結局、次に出会った時カタリナ様はその時のことは覚えていなかったのだけど）。


それから私はただ頷くだけの人形でなく、フレイ・ランドールとしての意見を言うようになった。本当はずっと心に押し込めていたことを口にすることにしたのだ。

ランドール侯爵もラーナ・スミス様に殴るのを止められて以来、何か言われたのかそれともあれからすぐ私が学園に入ったからか、殴りつけてくることはなくなった。

しかし、いきなり彼に反抗的になった私をそれはひどく罵倒してはくるが、今まではあんなに恐ろしかったランドール侯爵の罵倒も今では聞き流していれば通り過ぎるただの騒音だと割り切れるようになった。

人は変われば変わるものだ。私は一年前の私とはまるで別人になっていた。

そうして私が変わったことで今までいなかった親しい友人もできた。

ラーナ・スミス様と同じくらい私が感謝しているカタリナ様が大好きなジンジャー。

身分もこれまでの生き方もまるで違う彼女とは互いにカタリナ様を好きなことから、話すようになった。といっても素直じゃないジンジャーはカタリナ様を好きだってなかなか認めなかったのだけど。

ジンジャーは真面目で頑張り屋、貴族の令嬢にありがちなおべっかを言ったり太鼓持ちをするような子ではなく、学園に入るまでの私だったらきっとほとんど接することはなかっただろうタイプだ。

　そんなジンジャーの隣はとても心地よい。腹の探り合いも上辺だけのおべっかもない新しい私の一番大切な居場所だ。

「フレイ？　どうしたの？」

　つい色々と思い出しぼーっとしてしまった私をカタリナ様が心配げに見つめていた。

「あっ、いえ、すみません。つい色々と思い出してしまって」

「そうなの？　大丈夫？」

　恋愛方面にはとことん鈍いカタリナ様だが、意外と人の心に鋭いところがあるので私が少し嫌な過去を思い出したことを察したのだろうか。

「大丈夫です。私、カタリナ様のお陰で生まれ変わったので、目指すはラーナ・スミス様ですから！」

　私がきりっとそう言うとカタリナ様は、

「う〜ん。ラーナ様は仕事はできるけど……」

　少し困った顔をした。カタリナ様は今、ラーナ・スミス様と同じ部署で働いているから私の知らないことも知っているのだろう。羨(うらや)ましい。

「私も来年度にはカタリナ様の部署に配属されるように頑張ります」

　私がそう言うと、カタリナ様は目をぱちくりとした。

「えっ、フレイがうちの部署に、それは……え〜と」

とどこか困った顔でそんな風に言うカタリナ様を不思議に思いながら見つめていると、少し離れたところで作業をしていたジンジャーがやってきた。そして、

「カタリナ様、私も魔法省に入省する予定ですから」

とアピールしてきた。

いや本人にアピールのつもりはないのかもしれないけど。

「そうなの！　フレイにジンジャーもくるのか。じゃあ来年度が楽しみだね」

カタリナ様はそう言ってにこりと笑った。だけどその後に、

「あと約半年、頑張らなくちゃね」

そう言ったカタリナ様はなんだか暗い表情をされた気がしたけど、瞬きする間にいつものカタリナ様の笑顔に戻っていたので、気のせいだったのかもしれない。

そして私たちは久しぶりのカタリナ様、前生徒会の皆様との時間を楽しんだ。

ちなみに一番の功労者はカタリナ様付きのアンというメイドだった。一人で他の人の倍ほどの量を美しく収穫していた。なんでもカタリナ様が幼い頃からずっと畑を手伝ってきたということで、誰よりも手際がよくなったのだとか。

そんな彼女のカタリナ様に向ける目はとても優しくて、カタリナ様がとても好かれていることがよくわかった。私もきっと彼女と同じような目をカタリナ様に向けていると思う。

カタリナ様、あなたに出会えて本当によかった。

　フレイとジンジャーの魔法省への熱い思いを聞き、無事に収穫もその後のお疲れ様会も終わり私は馬車にて帰宅の途に就く。

　しかし、フレイがラーナに憧れているのは知っていたけど、同じ部署で働きたいと希望していたなんて。でも憧れているならそういうものなのかな。

　ラーナと同じ部署、それはすなわち私が現在、働いている魔法道具研究室のことになる。

　う～ん。あんな優秀で可愛いフレイがうちの部署に……。

　魔法道具研究室の部署長であるラーナは若くして魔法省幹部になるほどの優秀な人だけど、個性が強い。

　すごい魔法オタクで、興味を惹かれる魔法のこととなると他のことがおろそかになりがちで、同じ部署だとその辺が見えてくるし、そのしわ寄せ的な仕事も増える。

　それでもいざとなると部下を庇ってくれる頼もしい上司ではあるのだけど。

　そしてラーナだけじゃなくうちの部署には変わった人が多い。

　筋肉ムキムキマッチョの女装男子に、存在感がなさすぎる迷子体質、改造キラキラ制服の極度なナルシスト、会話はぬいぐるみを通してだけしかしない人、一年中タンクトップな人、いつも白衣のマッドサイエンティストみたいな人。それに元生徒会長や、異国の元誘拐犯一味などの訳あり美形もいる。

なんというか変わり者の巣窟なのだ。そのせいもあり、魔法省の入りたくない部署のナンバーワンらしい。

変わってはいるけどいい人たちばかりでいい職場なんだけど、でもあの個性の強さにフレイが大丈夫か心配になる。

いや、でもそもそもフレイくらい優秀ならマリアやその同僚デューイのように魔力・魔法研究室に引き抜かれる可能性も高い気がする。

サイラスが部署長を務めるかの部署は魔法省の花形で人気も実力高いからいい人材は皆、ここへ引き抜かれるらしいのだ。

ちなみにこのデューイとサイラスがゲームⅡの攻略対象であり、すでに二人ともマリアにメロメロだ。ゲームだとカタリナと敵対する予定の二人だが、今のところデューイとは同期の仲間としてサイラスとは秘密の畑で共に作業する農業友達として仲良くやっていると思う――と

その辺のことは今はおいておくとして、フレイが我が部に入れるのかどうかだ。

う～ん。本人が強く希望すれば行きたい部署へ行けるのだろうか？　そのへんは聞いたことがないのでわからないな。

フレイのために今度、聞いておこう！

あんなに目を輝かせているフレイが魔法省で活躍できる日がくるのが楽しみだ。

ぜひその日を私も目にしたい。そのためにもあと半年、破滅を迎えることのないように頑張

らなきゃ！

そう決意し拳をにぎると、前の席に座っていたキースが、

「義姉さん、何を意気込んだの。また厄介なことに首を突っ込んだりしないでよ」

とすかさず小言を言ってきた。

長年、私の『お守り』という名のフォロー役である義弟は、色気ある美形の見た目とは裏腹にその中身はすっかりオカンだ。

「違うわよ。これは明日からもお仕事を頑張ろうと思って意気込んだだけよ」

私が口を尖らせそう返すと、キースは少し考えて、

「……それだけならいいけど、本当に変なことに首を突っ込まないでね。特に今、少し面倒なことも多いから」

そんな風に言ってきた。

「面倒なこと？」

「うん。義父さんに言っておいたほうがいいって言われたから話すんだけど、実は最近、クラエス公爵家に『ジオルド王子といつまでも婚約関係のままだけど、これから婚姻する気はあるのか？』としつこく聞いてくる家があって少し対処に困ってるんだ」

「それってクラエス家の親族の話？」

そこについてはすでにお父様から聞いているけど。

「いや親族からの話ならそこまで面倒にはならないんだけど、今回はかなり力を持った家からで」

「力を持った家？」

「ランドール侯爵家だよ」

「ん、ランドール侯爵家って確か、スザンナ様のご実家じゃない」

「そうだね」

「そこが私たちに婚姻はまだかなんて聞いてきてどういうつもりなんだろう。私たちよりもスザンナ様とジェフリー様の婚姻の方が先なんじゃない？」

　第一王子ジェフリーと婚約者スザンナは私たちより婚約期間も長く、そろそろ適齢期すら過ぎてしまうような感じだ。どう考えてもそちらの方が急いだほうがいいはず。

「その通りなんだけど、どうもスザンナ様とランドール侯爵はあまりいい関係ではないと噂されているんだ」

「えっ、そうなの！」

「ああ、ランドール家は一応、ジェフリー様の後見の筆頭は名乗っているけど、その実関係はそこまで深くないみたいだし、ランドール家は強く否定しているけど、スザンナ様は本宅に住んでおらずどこかほかに住居を借りているという話もあるくらいだ」

「そ、そうなんだ」

　あの明るいスザンナ様が家族と上手くいっていないとか意外な事実だ。

「そういう事情があってランドール侯爵はジェフリー様やスザンナ様にあまり強く出られないようなんだ。だからか本来ならとっくに婚姻していていいはずの二人は婚約者のままで、王位継承権もまだ決まらないまま。きっと色々と焦ってきているんだろうね。それでこちらに探りを入れてきていると僕らは考えているんだけど、なにせ現ランドール侯爵は権力欲の強い人物だから焦って何をしてくるかわからなくて、さすがに義姉さんに直接何かしようとすることはないと思うけど、少し周りには気を付けていて欲しい」

「……そうなんだ。わかったわ」

ただでさえゲームⅡの破滅フラグもあるかもしれない時に、よその貴族も気を付けないとは気が重い。それに明るいスザンナ様の重い家庭事情にも。

少し気落ちしてしまった私にキースが、

「家に帰ったら義姉さんの好きなお菓子が用意してあるよ。お茶を淹れるから一緒に食べよう」

と声をかけてくれた。

キースは本当に私の扱いを心得ている。私は美味しいお菓子を食べればだいたい元気になるものね。

そうしてキースの手の上で転がされるようにお菓子ですっかり気持ちも浮上した私は、収穫祭ではしゃいだ疲れもありぐっすりと眠りについた。

お休み明けの魔法省はいつもと変わらない様子だった。

私はいつも通り魔法道具研究室へと向かう。そこではいつも私より少し早い同期のソラが一人で部署の準備をしているはずだ。

「おはようございます」

私がそう言ってドアを開けて中へ入ると、

「おはよう」

ソラがそう挨拶を返してくれたが、その横には見慣れぬ男性が立っていた。

これまた野性味ある男らしい雰囲気の男性だ。

きりりとした眉に彫りの深い目に、そのたくましい肉体はある種のおねぇ様方をキャーキャー言わせそうな感じだ。

う～ん、どこの部署の人だろうと考えた私に、その男性が、

「あら～、おはよう」

と手を振ってきた。

それはあまりにも聞きなれた声と仕草だった。

「ロ、ローラ先輩!?」

目をむく私にたくましい男性は、

「あったり～」

と可愛いピースをくれた。その見た目とあまりに違和感のある仕草。

それはうちの部署の先輩で私の教育係的立場でもあるガイ・アンダースンこと自称ローラ先

輩に間違いなかった。

「ど、どうしてそんな格好を⁉　メイクは、いつもの服はどうしたんですか⁉」

ローラ先輩と言えば、身体こそマッチョ男性だが、服はフリフリの可愛らしいドレスに元の顔がわからないほどのばっちりメイクを施した女装をしているのがいつもの姿だ。

それがただのかっこいいマッチョになってしまっているなんて⁉　どういうことなの！

「ちょっと仕事の関係で変装してるのよ。ラーナ様に習ってね」

「変装なんですか、それが？」

どちらかと言えばいつもの顔の方が変装っぽい気もする。正直、こちらの姿の方がしっくりきて似合っている。

「そうよ。その辺でバリバリと肉体労働とかしてそうでしょう」

「はい。まさにそんな感じです。というかその顔が素顔ではないんですか？」

メイクを取ったところ見たことないから素顔を知らなかったのだ。

「あら、やだレディはそう簡単に素顔はさらさないものよ。ふふふ」

ローラ先輩が意味深に笑う。そんな先輩を見て、

「レディなんですね」

ソラがポツリと漏らすと、

「あらどこからどう見てもレディでしょう」

とどこからどう見ても肉体労働帰りのマッチョなお兄さんはくるりと回った。

いつもの姿ならばともかくこの姿ではどこからどう見てもレディには見えない。私たちはただ曖昧(あいまい)な笑みを浮かべるしかない。

「ん、というかこれからその格好でお仕事なんですか？」

ふと気になって尋ねると、ローラ先輩は、

「そうよ。相方の準備ができたら出かけるのよ」

にこにこと答えてくれた。

「相方って、ハート先輩ですか？」

ムキムキのローラ先輩とは対照的にひょろりとした印象の強いネイサン・ハート先輩は結構ローラ先輩と組んでいることが多いのでまたそうなのかなと思ったけど、

「ううん。今回の場所は迷子紐(ひも)つけていけるような場所じゃないからネイサンはお留守番よ」

きっぱり否定された。

迷子紐――そうネイサン・ハート先輩は優秀ではあるのだけど、ひどい迷子体質で未(いま)だに魔法省内でも迷子になり、一緒に出かける時は相方が迷子紐を持って行かないといけないのだ。

う〜ん。変装もしているから何か事情がある現場なのかもしれない。

「はぁ〜、美しい僕がこんな地味な装いをしなくてはいけないなんて、実に不愉快なことだ」

バタンとドアが開き、そんな声と共に一人の男の人が入ってきた。

その見た目は変装しているローラ先輩と同じ肉体労働系のお兄さんだ。さすがにローラ先輩ほどの筋肉量ではないけど。

「え～と、コーニッシュ先輩ですか？」

あまり特徴のない顔に服装をしているが、その声は間違いなくニックス・コーニッシュ先輩である。

「ああ、正解だ。新人。やはりこのような地味な装いをしても僕の美しいオーラは消せないんだな」

そう言って自分を抱きしめる仕草をする様はまさにいつも通りのコーニッシュ先輩である。

彼はすごいナルシストであり、美しい自分をとても愛している。

服は派手派手で、肌の手入れとメイクにすべてをかけ、時間が空けば鏡を見ている人である。

そんな先輩が地味な顔と服装になっている。ローラ先輩のこの姿もそうだが、コーニッシュ先輩のこの姿も実に貴重だ。

「相方、コーニッシュ先輩だったんですね」

ソラがそう口にすると、ローラ先輩がややため息交じりに、

「そうなのよ。迷子にはならないかもだけど、このうるさい口をふさぐのが大変そうだわ」

と言った。

その後、ローラ先輩は「僕がこんな格好をするなんて世界に対する冒とくだ」とかなんとか色々と言うコーニッシュ先輩を引きずって仕事へと向かっていった。

コーニッシュ先輩がうだうだしていたせいで、出る頃には何人かの先輩もすでにきていた。

中でもコーニッシュ先輩とは幼馴染だというリサ・ノーマン先輩はそれは冷たい目でコーニッ

シュ先輩を見送っていた。

「あの頭の中からっぽ男、いつものように問題を起こさなければいいのですけど」

ノーマン先輩の持っている可愛いぬいぐるみが低い声で毒を吐いた。もちろんノーマン先輩の言葉だ。

ちなみに今日はローラ先輩とペアだったコーニッシュ先輩だが、普段はこのノーマン先輩と一緒に仕事をしていることが多い。

「あの、コーニッシュ先輩はいつも何か問題を起こされる感じなんですか？」

ノーマン先輩からただよう負のオーラについそう聞いてしまえば、ぬいぐるみとノーマン先輩はぐっと私に近づいて、

「それはもうたくさんです！　子どもの頃からずっとですよ。それも同じようなアホなことばかり。あの人顔だけはいいけど、頭が死ぬほど悪いんです。もう壊滅的。学園でも私がずっとつきっきりで勉強を見てあげて、それでやっと卒業できたくらいなんです」

ノンブレスでぬいぐるみが、いやノーマン先輩が言った。

その勢いに本当に苦労している感じが滲みでていた。ただ相変わらず顔にはさほど変化はない。

「あの、二人はどのくらい一緒なんですか？」

確かだいぶ昔からの仲と以前、聞いたのだけど。ノーマン先輩は私の問いにその眉をぎゅっと寄せた。ついにノーマン先輩の表情が動いた。

「……物心つく前にはもう一緒でした。母親同士が親戚で元から仲が良かったところに子どもが同い年ってことで、さらに仲良くなって、ほぼ毎日、子ども連れでどちらかの家に入り浸ってたんです」

ノーマン先輩はどこか遠い目をしてぬいぐるみでそう言った。

いつも無表情で淡々とした感じのノーマン先輩、こんなに感情的になるのは初めて見た。

ただそんな状況でも決して自らの口を動かさずぬいぐるみで話し続けるノーマン先輩にはある種の尊敬を覚える。

「そんな小さい頃からとはすごいですね。コーニッシュ先輩のあの自分大好きなのも小さい頃からなんですか？」

それは私からしたら何気ない質問であったのだけど、その言葉にノーマン先輩はびくりとなり、そして言葉を詰まらせた。

「あ、あの……やっぱり」

聞いてはいけない質問だったのだと気付いた私はあわあわと『やはりいいです』と言おうと思ったのだが、その前にノーマン先輩がじっと私の方を見ながら、

「それは私がこうなってからです」

そう言ってタートルネックの首の部分を少し下ろした。

ノーマン先輩は制服の下はいつもタートルネックだった。

そのことにはなんとなく気付いていたけど、この部署の大半の人はそもそも制服を着ておら

ずゴスロリ服だのタンクトップだの白衣だのと皆自由に着ているので、ノーマン先輩の服のことなど気になることなんてまったくなかったのだが……。

タートルネックの服が下げられ、あらわになった首の部分には細いチョーカーのようなものが巻かれていた。そしてその下には大きな傷痕があった。

驚きで息を呑んだ私に、ノーマン先輩は変わらない淡々とした声で言った。

「幼い頃の事故でこうなったんです。それから自力では話すことができなくなりました。しばくして喉の動きで声を出すことのできるこの魔法道具を作ってもらったんです」

そう言ってぬいぐるみが自らを示した。

「その子、魔法道具だったんですか⁉」

完全にただのぬいぐるみで腹話術をしていると思っていた私はそれは驚いた。

そんな私にノーマン先輩は少しだけにやりとして、

「驚いたでしょう？」

と言った。

「はい。そのぬいぐるみをパクパクさせてると声が出る仕組みなんですか？」

改めて私はノーマン先輩の持っているぬいぐるみをじっと見つめる。

これが魔法道具、どう見てもただのぬいぐるみにしか見えない。

でも以前、ラーナが作った人探しクマもどう見てもただのぬいぐるみだったのでそれと同じようなものなのだろうか？

「別に口はパクパクしないでも声は出ますよ。この首に巻いている機械が振動を読み取って音を出すので、パクパクは私が勝手に口調に合わせているだけです。その方が可愛いですから」

「はぇ、そうなんですか」

パクパクしてる方が可愛いかな？　いやでもしゃべっている演出をするならその方がいいのか？　わ、わからない。

「この子は私が自力でしゃべることができなくなってふさぎ込んでた時にニックス(あのアホ)がくれて、それをしゃべるための魔法道具にしてもらったんです」

普段からノーマン先輩はコーニッシュ先輩に冷たい目線を向けていることが多かったが、今、コーニッシュ先輩の話をするノーマン先輩の表情はすごく優しく好意に満ちていた。

「そうしてこの子を通して話はできるようになったんですけど、ぬいぐるみを通して声が聞こえてくるとなると奇異な目を向けられるんです。それでやっぱりなかなか外に出る気がしなくて、そんな時にニックスが突然、あのビラビラの派手な服を着てやってきたんです」

ノーマン先輩はその時のことを思い出したのか小さく微笑(ほほえ)んだ。

「それで『お前を世界一かっこいい僕の引き立て役にしてやる。ついてこいって』引っ張りだされて、そのまま町に行ったんです。そこでニックスはいかに自分が美しいかって大声で話して、町の人々をドン引きさせたんです。それで立派な変人の称号をもらって……私がぬいぐるみを通してしゃべることなんてニックスの異常なナルシストに比べれば大したことないって言われるようになったんです」

そんな話を聞けば鈍い私でもわかる。コーニッシュ先輩は、

「コーニッシュ先輩はノーマン先輩のためにあんな風になったんですね」

私の呟きは正解だったようで、ノーマン先輩は少し唇を吊り上げこくりと頷いた。

「そうですね。アホが一生懸命考えたアホな作戦です。自分が私より変になってしまえば私に向けられる目をそらせるって、それで作戦は成功しました」

うん。ただの変人だと思っていた人の実は優しい愛ある話に私はなんだかじんわりきた。しかし、

「でもあいつアホだからそうしているうちに、本当にナルシストになっちゃったようで、今ではもうただの変人になりました」

いや、せっかくのいい話が最後の一言で台無し。

「実は昔と違って魔法道具も小型化されたんです。このぬいぐるみよりずっと小さくなっていてこのチョーカーと同じ首のあたりにつけてしゃべれば、ほとんど自分で話しているように見えるのですけどね」

ノーマン先輩は首の傷に触れながら、

「でも、この子はあいつがくれた大事なもので、長年使って愛着もあるからそのままなんですよ」

そんな風に言った。そして小さな声で、

「それに私のせいであぁなったのに、あいつだけ一人残して変人を卒業するのは忍びないです

から」

そう言って微笑んだ。それはすごく優しい笑みだった。

そして最後にノーマン先輩は、

「今言ったことはあのアホには内緒ですからね」

口に人差し指を当ててそんな風に言った。

外から見ているとそれほど仲良くは見えなかった二人の先輩方の知られざる事情。

ただ変人の集まりとしか思っていなかった魔法道具研究室だけど、本当は皆、色々と抱えているのかもしれない、そんな風に思えた。

やがて仕事の時間を迎え、皆が動き出す。

今日の私は、荷物運びを少し手伝ってから闇の魔法の練習、そして契約書の解読の業務に移る予定だ。

本当は荷物運びは無理にしなくていいと言われたんだけど、こう毎日、椅子に座ってばかりだと身体がなまると訴え、入れてもらったのだ。

本日の魔法道具研究室、荷物運び係がソラとタンクトップ先輩だ。

タンクトップ先輩は寒い日も暑い日もいつでもタンクトップだ。ちなみに制服をまとっているところを見たことはない。よって外部からくる人によく大工や庭師に間違えられる。

「よ～し、今日もばりばりやるぞ」

と拳を掲げるタンクトップ先輩をなんとなく横目に見ながら、私は隣のソラに問いかけてみた。

「あのさ、タンクトップ先輩も何か深い事情があってタンクトップしか着ないのかな？」

「ああ、さっきノーマン先輩と話してたからか」

私がなぜそのようなことを言い出したのかソラはすぐに察したようだ。というかその口ぶりだと、

「えっ、ソラは知ってたの？」

驚いて聞けばソラは、

「ああ、ノーマン先輩は傷こそ隠してるけど、その辺の事情は特に隠してないからな。たぶん部署内で察しのいい奴はだいたい知ってるんじゃないか」

とさらりと答えた。

「そうだったんだ」

私はあまり察しがよくないタイプだから知らなかった。

「でもちゃんと聞かされたとかいう奴はあんまりいないんじゃないか。その辺、あんたは信用されてるんだろな」

「えっそうなの。っていうか私、信用されているの？」

「ああ、たぶん部署のほとんどの奴はあんたを信用してると思うぜ」

「そうなの！」

「ああ、あんたはアホが付くほどに裏表ない性格してるからな」

「それ、褒めてる？　貶してる？」

「さぁ、どっちでしょう？」

ソラはにやにやして言った。これはいつもの冗談だな。ソラに何か言い返してやろうと思ったけど、

「お～い。新人たちよ。荷物を積むぞ～」

タンクトップ先輩にそう声をかけられて会話を終了した。

うんせうんせと荷物を魔法道具に載せていく、今日も各部署に届ける荷物はいっぱいだ。

荷物を載せ終わると、ソラが魔法道具を操縦する。

私はこの運搬用魔法道具の運転がいまいち得意でないが、器用なソラはものすごく上手に操縦している。

ちなみにタンクトップ先輩はなぜか何個か荷物を載せずに抱えている。

「その荷物は載せないんですか？」

と聞くと、

「こうして運んで筋肉を鍛えるので問題ない」

とらしい答えが返ってきた。

タンクトップ先輩には悩みとかなさそうだな。いや、でもただの変人だと思っていたコーニッシュ先輩やノーマン先輩に深い事情があったのだ。タンクトップ先輩も何かどうしてもタンクトップでいなきゃいけない深い事情があるのかもしれない。そうするとこんな風にタンクトップ先輩なんて呼ぶのは失礼なことだ。

荷物を肩まで持ち上げふんふんと掛け声をかけているタンクトップ先輩に私は、

「あの先輩がタンクトップをずっと着ているのは何か理由があるのですか？」

思い切って聞いてみた。

ただ先輩がこれ以上聞いてくれるなという態度だったらすぐ打ち切るつもりで、しかし、タンクトップ先輩はあっさりと、

「ああ、大きな理由がある」

と言った。

「えっ、やっぱりそうなんですか！」

まさかタンクトップ先輩のタンクトップにも深い事情があったなんて、やはり少し関わっただけでは人のことはわからないものだ。

私は反省し、今後は心の中でタンクトップ先輩などというあだ名で呼ばないようにしようと思ったが、その後に続いたその理由というのが、

「うむ。このタンクトップは常に筋肉を見ることができるように着ているのだ」

「はぇ？」

思わず変な声が出た。予想外というか、むしろ予想通りの理由だったことに。

「服を着てしまうと俺のこの見事な筋肉が見えなくなってしまうだろう。そうするとトレーニングのモチベーションも下がってしまう。だから俺はどんな時でも己の筋肉を見ることができるようにタンクトップなんだ」

どうだというように胸を張ってそう述べたタンクトップ先輩。私はこれからも彼のことはタンクトップ先輩という呼び名で十分だなと思った。

「先輩、足の筋肉はズボンで見えないけどそれはいいんですか？」

ちょっとソラ、あなた半笑いで何、どうでもいいこと聞いているのよ。

「ああ、足の筋肉も最初の頃は太ももしっかり見える短いズボンをはいていたんだが、当時の上司に仕事場でその格好はいかがなものかと注意されて、仕方なくズボンをはいているんだ」

太ももが見える短いズボン、それは前世で主に女の子がはいていたやつだ。いわゆるショートパンツというもの。ちなみに今世ではまだお目にかかっていない。

上はタンクトップで下はショートパンツ、それは注意されるわ――というかタンクトップは許されたんだ。

「初めは拒否したんだが、どうしてもと説得されて、最終的に妥協するから上か下かどちらかを選べと言われてそれは困ったものだ。三日間、夜しか眠れず悩んで、腕の方が普段から目につくだろうと泣く泣くズボンをはくことにしたんだ」

タンクトップ先輩は懐かしそうになんだかいい話的にそう言ったけど、いやいやなんだそれは。この話からうかがえるのは当時の上司の方がいかに大変な思いをしたかということだけだった。

しかし、タンクトップ先輩が当時、上でなく下を選んでいたら、その時はショートパンツ先輩になっていたのか……筋肉ムキムキの足にぴちぴちショートパンツ、それを日々「どうだ。いい筋肉だろう」と見せつけられる日々。

うん。先輩がタンクトップを選んでくれて本当によかった。

「そうして仕方なく隠してはいるが家ではいつも脱いできちんとトレーニングしているから足にもいい筋肉がついているぞ。見てみるか？」

タンクトップ先輩が笑顔でそう言って、ズボンに手をかけてくれたけど、

「大丈夫です！」

やや食い気味に断った。

魔法省の廊下の真ん中でズボン下ろしてどうする気なんだ先輩！

「そうか、見たくなったらいつでも声をかけるんだぞ。ははは」

そう言うとタンクトップ先輩は担いでいた荷物をさらに高く持ち上げた。より筋肉に負荷をかけるつもりなのだろうか。

そんなタンクトップ先輩の後ろ姿を見つめながら、

「皆が皆、深い理由がある訳ではないんだね」

ぽつりと漏らした私の声を拾ったソラが、

「いや、上をとるか下をとるか悩んでタンクトップをとったという深い理由があったじゃないか」

とにやにやと言った。

そのいたずらが成功したような顔を見て、

「もしかしてソラはタンクトップの理由を知ってた？」

そう聞いてみれば、

「ああ、なんとなくだけどな。だって先輩、寮の鏡の前でいつもポーズ決めてるし、運悪く捕まれば筋肉自慢されるし、自分の身体が好きで見せたいんだろうなとは思ってた」

とさらりと返された。

「えー、じゃあ聞く必要なかったじゃない。余計なことを聞いて先輩が元々、短いズボンはいてたという聞きたくない過去まで聞かされちゃったじゃない」

私の不満にソラは苦笑した。

「いや、短いズボンのことまでは俺も知らなかったから」

タンクトップ先輩は元々、タンクトップとショートパンツだった。ここ最近、知った中で一番どうでもいい情報だ。

「でも、ソラは先輩方のこと色々と知ってるのね。やっぱり私より少し早く入省したからなの？」

「いやそれでそこまで変わらないだろう。単純にあんたが鈍いせいもあるけど、あと俺は魔法省の寮に入ってるから同じように寮に入ってる先輩方の情報は知りやすいかもな」

「そっか、ソラは魔法省の寮住まいだものね。先輩方も皆、寮に入ってるの？」

私は自宅から馬車で通勤しているからそのへんのことはわからないのだ。

「ああ、敷地内にあるから仕事に行くの楽だし入ってる人も多いけど、城下に住まいを借りてる人も結構多いらしいぞ。あんたみたいに屋敷から通ってるほうが少数だな」

「そうなんだ」

それは職場に近い方が通いやすいものね。社会人の一人暮らし、憧れるけど——うちの家族はなかなか過保護だからOKはでないだろうな。

「ちなみに寮には他に誰がいるの?」

「大きな寮だから全員把握してるわけじゃないけど、うちの部署だとウォルト先輩、コーニッシュ先輩、ノーマン先輩なんかは寮に入ってるな」

「ほー」

そして、タンクトップ先輩や白衣先輩たちも寮らしい。意外と多いんだな寮暮らし。

ソラ曰く食事の提供などのサービスもあり、非常に暮らしやすいんだそうだ。

「寮生活もなんだか素敵ね」

「ああ、でも省と同じ敷地内にあるから、下手すると人手が足りないと呼び出されたりすることもあるからその辺は面倒かな。あと人数が多い分、部屋数も多くて中は結構入り組んでるんだ。なんでハート先輩とかが住むのは大変だと思う」

「あっ、迷子になっちゃうってこと?」

「ああ、だからハート先輩は確か、省から直線で一番近い町の入り口に家を借りてるみたいだぞ」

「えっ、町に部屋とか……ハート先輩は帰りつけるの？」

　ハート先輩と言えば一人で歩き出せば三秒で迷子になってしまうと言われるほどの極度の方向音痴だ。おまけにとにかく影も薄いので探すのは大変なのだ。

「たどり着けるように家と魔法道具研究室の行き来ができる魔法道具を開発してもらったらしいぞ」

「おぉ、そんな便利なものがあるんだね。あれ？　でもそれがあればハート先輩は迷子にはならないんじゃない」

「いや、あくまで家と部屋を行き来できるだけみたいだぞ、それも別に空間を移動するとかすごいのではなくてなんか道具を使った人だけ見える紐みたいなのをつたってくるだけらしい」

「あ～、そういう道具なんだ」

　正直、前世で見たあのロボットの秘密道具のドア的なものを想像してしまったので、少しがっかりした。そしてハート先輩が行き帰りで必死に紐をつたっていると思うとなんだか、少し切なくなった。

「あっ、そう言えばローラ先輩も寮じゃないんだね」

「そうだな。寮にはいないから、町に家を借りてるか、自宅から通ってるかどちらかだな」

「ん、どっちかわからないの？」

「ああ、あの人、あんな感じだけど意外と秘密主義だから、絶対に素顔もさらさないからな」

「えっ、そうなの！　……あっ、でも確かにローラ先輩自身のことは全然知らないかも」

ローラ先輩は明るくて面白い人なので、会えばいつも色々と話をしているので、素性も知っている気がしてたけど、よく考えたら話と言えば美容品の話や服、話題のお菓子屋さんのことなどの女子トークばかりで先輩自身の話は聞いたことがなかった。唯一、聞いたことがあるのは、

「そう言えば、ローラ先輩、強い魔力を持っているけど、魔法省へは一般の試験で入ったって言ってたわよね。何か事情があるのかな？」

ソルシエで生まれる魔力を持つ者は十五歳を迎えると全員が魔法学園へと入学する。

そこで成績優秀な者、魔力の強い者は魔法省の幹部から推薦され入省するのがほとんどだそうだ。

一般の試験は学園に入っていないが、優秀な者が受け、そして合格者が魔法省に入省することができる。ようは賢くないと通らない試験なのだ。デューイやハート先輩はまさにこれで、一般家庭などから入省している。

しかしローラ先輩には魔力がある。それも強い魔力だ。

弱い魔力持ちならばソルシエ以外でも時たま現れることがあるそうだが（ソラがこのパターンだ）強い魔力持ちがソルシエ以外から出たということはないとされている。

そう考えるとローラ先輩はソルシエ出身で魔法学園にも入っていたはずで、ならば普通に推薦で入省するはずだ。わざわざ難しい試験を受ける必要はないのだ。

「そうだな。あの先輩には何か事情がありそうだな。だけど本人、そこに突っ込んでくれるな

という感じだからな」

「ん、そうかしら？」

「あんたはその辺わからないかもだけど、出身や家庭事情の話は上手くすり抜けて話してるとこあるよ。本当に上手いからその辺、わかりにくいかもだけど」

「ソラはわかるの？」

「ああ、これまでの習慣でついそういう情報を集めるのが癖になってるから色々と耳にいれて観察してるからな」

そう言われてソラがこの場所にくるまで色々な場所を巡って、それこそ危険な仕事なんかもこなしてきていることを思い出した。

「ソラ、あなたすごいのね。なんだかソラには隠し事できなそう」

「いや、あんたは考えていることほとんど顔に出てるから俺でなくても隠し事なんてできないと思うぞ」

「えっ、そんなに出てる？」

私は思わず自分の頬(ほお)に両手を当てた。

「丸見えだ」

嘘(うそ)でしょう。そこまで！　そんなやり取りをしていると、最初の荷物を下ろす場所に着いた。

タンクトップ先輩が、

「よし、いくぞ。新人たちよ」

と元気に声をかけ、率先して一番重い荷物を手にしてくれる。

タンクトップ先輩のこういうところは優しさだと思っていたが、先ほどの筋肉の話を聞いてしまうと、筋トレがしたいだけかもしれないと思ってしまう。特にタンクトップ先輩は荷物運びの業務をよく引き受けているのもそういう理由かもしれない。

荷物運びは三人で行ったのでかなりすぐ終わった。タンクトップ先輩はこれからまた肉体労働系の業務に精を出すらしい。

そんなタンクトップ先輩にも入省は試験か推薦か聞いてみたら（思った通り）推薦だった。

魔力は強いが勉強はいまいちだったらしい。なんとなくそんな気がしていました先輩。

予想通りだったタンクトップ先輩と別れ、ソラと一緒に魔法道具研究室に戻り、それぞれの業務だ。ちなみに私はいつものラファエル先生による闇魔法の訓練だ。

部署に戻ると、ラーナがテキパキと指示を出していた。

前まではこんなことはほとんどなかったのだが、ラーナの仕事の片腕的存在であるラファエルを私が闇魔法の先生として駆り出すため、最近はちゃんと仕事をしてくれている（いや、そうでなくてもちゃんと仕事はしないといけないと思うのだが）。

部署にラファエルの姿はなかった。先に仕事を持って闇魔法練習のために借りている部屋へと行っているとのことだったので、私も準備をして向かうことにする。

準備をすませ、さてでは行こうとドアに手をかけると、

「ちょっと待って、ネイサンが他部署へ行かなきゃいけないらしいんで連れてってやってく

れ」

先輩の一人にそう声をかけられた。

ネイサン・ハート先輩は優秀ではあるが凄まじい方向音痴で魔法省の中でもすぐ迷子になってしまうので、部署から出る時は誰かと共に出ることが多い。近くならなんとか行けるらしいけど。

ちょうど私の行く先の通り道にその部署はあったのでハート先輩と共に部署を出る。

「すみません。よろしくお願いします」

とハート先輩が申し訳なさそうな声で頭を下げる。

「いえ、通り道なので気にしないでください」

よく考えるとハート先輩とこんな風に並んで歩くのは初めてかもしれない。こうして改めてみると結構背が高い。すごく痩せているわけでないのにひょろりとして見えるのは背が高いせいなのだろう。

顔は前髪と分厚い眼鏡で見えない。そう考えればローラ先輩と同じくハート先輩の素顔も見たことがない。

しかしこの二人はよく一緒に組んでいるので、もしかしたら互いに素顔を見ているかもしれない。

「あの、ハート先輩はローラ先輩の素顔を見たことありますか？」

「ガイ（ローラ先輩の本名）の素顔？　そう言えば見たことないですね。なにせ彼はメイクをとるのを嫌がりますから。任務でもすっぴんを見られたくないって部屋に衝立立てたりしてるくらいですからね」

ローラ先輩、すっぴんを見られたくないってどれだけ乙女なんだろう。ってそういう女子的理由なら、別に素顔を隠しているとかではないのかな。それならハート先輩も、

「あのハート先輩もその顔を見せないようにしているとかではないのですか？」

と流れで聞いてみた。

「ああ、僕はこの眼鏡をかけないとほとんど見えないので、いつもかけてますけど、外すと――」

そう言ってあっさり眼鏡を外してくれ、そのまま素顔を少しさらしてくれた。

その顔は驚くほど特徴がなかった。

なんていうか目にしてもすぐ忘れてしまう感じだ。

「あの、え～と」

思ったままを口にしていいのか迷っているとハート先輩は苦笑して、

「特徴ないでしょう。まだこの眼鏡をかけている方が覚えてもらえるんですよ」

そう言った。

はい。本当にその通りです。

「しかし、急に素顔がどうのってどうしたんですか？」

「え～と、さっき、ノーマン先輩にコーニッシュ先輩がああいう風になった理由を聞いたので、

他の先輩方のこともなんとなく気になりだしてしまって」

　ノーマン先輩は喉のことやコーニッシュ先輩のことを特に隠していないとソラに聞いたので、そのまま伝えると、

「そうですか、リサさんに聞いたのですか」

　とハート先輩もその辺の事情を知っていたようにふわりと微笑んだ。

「ニックスさんは言動こそああですが、優しいんですよ。リサさんのこともすごく大切にしてますからね」

「そうなんですね。言動がああなので、そちらに気を取られてしまってました」

「ははは、あの言動は気を取られますよね」

　ハート先輩が楽しそうに笑った。そして、

「でも、それもリサさんの隣にいるためですからね」

　そんな風に言った。

「えっ、ノーマン先輩はコーニッシュ先輩はもうその辺のことは忘れて、ただのナルシストになったんだって言ってましたけど」

「ああ、確かにそんな風に見えますけど、でもニックスさん勉強は苦手なようですが賢い人ですから、ちゃんと考えていると思いますよ」

「そ、そうなんですか」

　ただの変なナルシストだと思ってたコーニッシュ先輩のイメージが今日、一気に変わる。

それにしても、

「ハート先輩は人をよく見てるんですね」

ハート先輩はすごい方向音痴で迷子体質、そのせいでなんとなく生きるのが大変そうで人を見ている余裕とかないような気がしていた。

「う～ん。そうですね。僕は部署で仕事をしていることがほとんどなので部署内の人のことはなんとなく把握できる感じですね」

「そうなんですか」

ハート先輩は迷子対策でほぼ部署にいるからな。そう言われれば納得だ。

「じゃあ、私のこともわかりますか？」

試しにそんな風に聞いてみると、ハート先輩は口もとに指を当て考え、

「そうですね。これから行く闇の魔法の練習にあまり乗り気ではないとかですかね」

と言った。

私は思わず目を見開いてしまった。それはまさに今の気持ちそのものだったからだ。

「当たりです。どうしてわかったんですか？　やっぱり私ってそんなに顔に出てるんですか？」

先ほどソラに言われたことを思い出し顔を押さえながらそう聞くと、

「ははは、はっきり顔に出るほどではないけどなんとなく雰囲気が少し暗く見えたから。クラエスさんは、闇の魔法練習の時はだいたいそんな感じだからね」

と答えが返ってきた。

今日、だけでなくていつも乗り気でないのに気付かれていたのだと思うと、なんとも複雑な気持ちになる。

「その、今後の魔法省のためにも闇の魔法の練習が大事なことはわかっているんです。ただどうしても怖いなと思ってしまうんです」

闇の魔法のことは全部の先輩たちに周知されている訳ではない。

研修の際にその力を目にしたローラ先輩とハート先輩、あとは闇の魔法を使ったことがあるラファエルとソラ、部署長のラーナが闇の魔法のことを知っている。他の先輩たちは知らないのだ。ラファエルとしているのもふつうの魔法の練習だと伝えられている。

そんな状況なので、闇魔法のことを話せる人は限られている。なので私は事情を知っているハート先輩につい愚痴ってしまった。

「怖いのですか？」

「はい。だって闇の魔法って人の心を操るような恐ろしく悪い魔法じゃないですか、そんなものを練習して、使えるようになるなんてまるで悪い人にでもなっちゃうみたいで」

特に皆は知らないことだが、私は元々、この世界の悪役だった。

前世の記憶を取り戻したことや周りの皆に恵まれたことで、悪役になることなく普通に暮らせているけど、闇の魔法を練習してそのまま闇に落ちて悪役に戻ってしまうのではないかと時々思う時があり、そんな考えがよぎるたびに、なんともいえない不安を覚えるのだ。

「闇の魔法は恐ろしくて悪い魔法、クラエスさんはそう思うんですか？」

ハート先輩が私の目を見てそう聞いてきた。分厚い眼鏡で先輩の目は見えないけどまっすぐこちらを見つめている気配がした。

「はい。だって人の心を操るなんて悪いことですよね」

私の答えにハート先輩は少し間を開けてからこう言った。

「そういう考えもあります。でもそうでない考えもありますよ」

「そうでない考えですか？」

「はい。例えば、辛く悲しい記憶を持ちそれにずっと苦しんでいる人から、闇の魔法を使い苦しい記憶を消してあげれば、その人はもう苦しまずにすみます。その場合、闇の魔法はいい魔法になるでしょう」

「……その通りですね。そんなこと考えたこともなかったです」

確かにハート先輩が言ったように闇の魔法を使えばそれはいい魔法になる。

「この世には色々なものがあります。皆、それを自分の見たい面から見ます。でもそれはそのものの一面でしかないのです。他にもたくさんの面があるのです」

「……たくさんの面」

「クラエスさんは闇の魔法を悪だと見ていますよね。じゃあ、闇の魔法を生み出した人も悪だったのでしょうか？」

「そうだと思ってました。だって人の心を操る魔法を他の命を奪い手に入れた人ですから、でもその人にも何か違う面があったかもしれないということですか？」

私がそう言うとハート先輩は小さく微笑んだ。

「そうですね。もしかしたらとても大切なものを守ろうとしただけかもしれません。それは誰にもわからないのですから」

「そうですね」

物事には色々な面がある。自分が見ているのはその一部でしかない。当たり前と言われればその通りだけど、なんだか少し目の前が開ける考え方な気がした。

「そういうわけで闇の魔法＝悪いものと考えないで、もしかしたらこの魔法が誰かを助けることができるかもという気持ちで望めば少しはやる気に繋がるんじゃないでしょうか」

あっ、そうか、ようやくハート先輩の言いたいことがわかった。ハート先輩は不安な私の気持ちが少しでも晴れるようにこういう話をしてくれたんだ。

「ありがとうございます」

先輩の気持ちを汲み取ってお礼を言うと、ハート先輩は、

「いえ。僕はただたとえ話をしただけですよ」

と微笑んだ。

そしてそうして話に一区切りついたところでハート先輩が用のあった部署の前までたどりついた。

今まで、二人きりで接したことのなかったハート先輩。仕事こそできるが、方向音痴の迷子

で影が薄い先輩くらいの認識だったけど、訂正しよう。ハート先輩は優しくて頼りになる先輩だ。

「では、ありがとう」

ハート先輩はそう言って私に片手を上げると、部署のドアと反対方向へ歩き出した。私はすかさずその腕を引いて、

「ハート先輩、入り口はこちらです」

とドアの前に身体を引っ張った。

「ああ、しまった。たびたびありがとう」

そう言ってハート先輩は今度こそドアをノックして中に入って行った。

先ほど思った頼りになる先輩の「頼りになる」が一瞬にして少し薄くなった気がした。

「カタリナ・クラエスです。入ります」

「どうぞ」

その声に中に入ると聞いた通りラファエルが机に座って仕事をしていた。

ラーナが仕事そっちのけで魔法研究にのめり込みがちな我が部署は、実質副部署長であるラファエルが回しているので彼の仕事量は半端ない。

そんな状態でも私の闇魔法の練習の先生までお願いしてしまい申し訳ないのだが、ラファエ

ルは「気にしないでください。カタリナさんとこうして過ごすといい休憩になってかえって力が出ますので」なんて言ってくれる。ラファエルは本当にいい先輩だ。

仕事の手を止めこちらを向いたラファエルは私の顔をじっと見つめた。

「?」

その視線の意味がわからなくてきょとんとなると、

「何か気持ちの変化がありましたか?」

と聞いてきた。

「気持ちの変化ですか?」

「ええ、カタリナさんはいつも闇魔法の練習前は少し気落ちしている感じでしたが、今日はそうではないようなので」

なんとハート先輩だけでなくラファエルにもその辺の気持ちがバレていたらしい。ソラに言われた通り私って顔に出やすいのかしら。

「あの、いつも心配かけていたんですね。すみません」

私が謝ると、ラファエルは、

「いいえ。元々、上からの指示で練習させられているのですから、気持ちが乗らないのもしょうがないことですよ」

と言った。

そうなのだ。この闇の魔法の練習は『闇の契約の書』を読み解いてもその魔法が使えないと記録に残せないとのことで、危なくないものだけでも使えるようになって欲しいと魔法省の上層部からのお達しで練習しているのだ。

本当は同じく闇の魔法が使えるソラに教えてもらう予定だったんだけど、ソラはあまりに教えるセンスがなかったので、闇の魔法が今は使えないが前に使えたラファエルに教えてもらうことになったのだ。

「その、上に言われてさせられているから気乗りしないというより、闇の魔法というのに思うことがあったんですが」

私はラファエルにも闇の魔法が悪くてよくないものだと感じていたこと、そしてハート先輩に言われたことで闇の魔法に対する印象が変わったことを話した。

「闇魔法を生み出した人の理由ですか、それは僕も考えたことなかったですね」

ラファエルは話を聞き終わるとそんな風に漏らした。

「私もです。闇魔法を生み出した人の理由は悪いことをするためだって勝手に思い込んでいたんですけど」

「そうとは限らない。その通りですね」

ラファエルはそう言って言葉を一度切ると、

「デューク侯爵夫人が闇魔法に手を出したのは、自分の息子であるシリウスを失いたくないという思いからでした。決して許されることではないですが、彼女の思いは息子を救いたいという母の強い願いでもありました。それをすべてが悪と言い切るのは少し違うかもしれませんね」

　母親を殺されて自分の人生を奪った人物の心までこうして考えられるラファエルという人はなんてすごい人なのだろう。私だったらこんな風には考えられない。

「……」

　なんと返していいのか言葉を探したまま何も言えない私にラファエルは、

「気にしないでください。この魔法省で働きだしてからの日々でぐちゃぐちゃだった心の傷もだいぶ癒えてきたんです。だからもうあの時のことも冷静に話すことができるようになったんです」

　そう言って小さく微笑んだ。

　目に見える傷と違って心についた傷は他者には見えない。

　だから本人が平気だと言えばそれを信じるしかない。

　それがたとえやせ我慢で、まだおびただしい血を流すひどい傷のままだとしても――。でも、ラファエルのその言葉は嘘や強がりではないと思えた。

「私、ラファエルに闇の魔法の練習をお願いするのも申し訳なく思ってたんです。その、昔の嫌なことを思い出して苦しいんじゃないかと……」

「心配かけてしまいましたね。そんなことないから大丈夫です。むしろこうしてカタリナさんを独占できる機会ができて喜んでいるくらいです」

　ラファエルはそんな風に言ってくれた。

出来の悪い生徒を教えることになり、大変だろうにそんな風に言ってくれるラファエルは本当に優しい人だ。

「ではこの闇の魔法で誰かを助けることができるように今日も練習、頑張りましょう」

「はい」

私は大きく返事をして、いつもの練習に移った。


闇の魔法の練習を終え、お昼休みになった。

書類を片づけながら持ってきた食事を取るというラファエルに無理をしすぎないように告げて、私は食堂へ向かう。

え～と、今日のご飯は何にしようかしらと悩んでいると、

「カタリナ様」

と声をかけられた。その可愛らしい声ですぐに誰かわかった。

「マリア」

振り向くと魔法学園からの友人で同じく魔法省に入省したマリアが手を振って近づいてきた。

このマリアこそこの乙女ゲームの世界の主人公で攻略対象たちとめくるめく恋愛を繰り広げるはずの人物だ。

学園でのゲームIの時こそなぜか皆、お友達の友情エンドを迎えたが、この魔法省ではさっ

そくその可愛らしさで、同じ部署の部署長と同期を虜にしている。

「これからお食事ですか？」

「うん。今、どのご飯にしようか迷っているとこ」

「私もこれからなので、よかったらご一緒しませんか？」

「うん。一緒に食べよう」

私はマリアと一緒に食事を選んで受け取ると、一緒に空いている席に隣同士で腰かけた。

「そう言えば、今日、デューイは一緒じゃないのね？」

ゲームⅡの攻略対象デューイはマリアと同じ部署で、すっかりマリアの虜になっており、同期ということもあり一緒に行動していることが多いのだが、今、その姿が見えない。

「デューイは今日、お休みで、家族で買い物に行くと言っていましたよ」

「そう、それは良かったわね」

学校を飛び級して魔法省の難しい試験を最年少で突破した天才少年デューイだが、その親は子どもを道具としか扱わず酷使するひどい人たちで、兄弟とデューイはとても苦労していた。

だが少し前、色々とあり魔法省幹部の働きかけで、ひどい親の元からデューイたち兄弟は離れることができたのだ。

デューイと兄弟たちは今、魔法省の貸し出す家族向けの家で飢えや寒さに震えることなく暮らしている。

聞いた話ではずっと学校にも行けず働いていたお兄さんも魔法省の世話した働き先で、働きながら学校に通い、とても充実した日々を過ごせているらしい。本当によかった。

「カタリナ様は今日、ソラさんと一緒ではないんですか？」

マリアが逆に質問してきた。

そうなのだ。マリアとデューイが魔法省内でセットで行動しているのと同じように私と同期のソラもだいたいセットで動いてる。

そういえば、いつもは食堂あたりで会うのに今日は会わなかったな。会えば一緒にくるけど約束しているわけではないからな。

「今日は別々なのよ」

前は新人同士同じ仕事だったから一緒に食べていたけど、今はやっていることが違うから会わない日は、ほとんど会わない。

ちなみにそんな私とセット扱いになりつつあるソラもゲームⅡの攻略対象の一人だ。

ただ私が関わってしまったせいか、マリアとのゲームイベントが上手く発生せず、ゲームⅡの他の攻略対象デューイやサイラスほど、マリアに夢中になっている感じはしない。でもソラは色々な経験をしてきているだけあり、私のように気持ちが顔に出たりしないようなので、その真意を探るのは難しそうだけど。

そうしてソラの話をしていたのもあってか、

「ここ座ってもいいですか？」

前からそう声をかけられそちらに目を向けると、ソラがお盆を持ってニコニコして立っていた。

「あっ、ソラ、ごめん。今日は姿が見えなかったから先に入ってた」

咄嗟にそう謝ると、ソラは、

「ああ、今日は仕事が押してたので、全然いいですよ。約束してたわけじゃないですから。あ、それからもう一人連れてきました。ランチェスター部署長」

ソラが後ろを振り返ってそう声をかけると、少し肩を狭くした様子でサイラスがやってきた。

「えっ、サイラス様！　珍しいですね。食堂にいるなんて」

魔法省の花形と言われる魔法・魔力研究室の部署長であるサイラス・ランチェスター部署長。仕事のできるクールビューティー男性である。

口数が少なく愛想もないので、やや近寄りがたい雰囲気があるが、それでもその綺麗な顔と優秀さで魔法省はもちろん社交界の独身女性たちの憧れの的である。

しかしそんなサイラスには別の顔がある。

それは辺境の田舎で育ちで特に若い女性に免疫がなく、仕事を通さなければ緊張して上手く話すことができないのだ。

特に魔法学園に入った頃、都会の貴族令嬢に訛りなどをひどく揶揄われたことでその症状が悪化してしまい。今まで若い女性とは仕事以外ではまったく関わらずに生きていたのだという。

この事実を知っているのは近くでは（農家のおばあちゃんと雰囲気が似ているから大丈夫だという）私と（サイラスが好意を寄せている）マリアくらいだ。

もしかしたら聡いソラあたりは気が付いているかもしれないけど、あえて何か言ってくることはない。とまぁ、そんな理由もありサイラスはあまり人が（というか若い女性が）多い食堂とかには来ない感じだったので、来ていることに驚いた。

そんな私の心の中の言葉を読み取ったのかサイラスは、

「最近、食堂を利用し始めたんだ。今後のために色々と慣れておこうと思ってな」

と言った。

その視線の先を一瞬、マリアに移したのに私は気が付いた。

サイラスは優しく穏やかなマリアに惹かれている。

魔法省にこっそりサイラスが作っている畑での作業や、、最近、マリアが習いたいと言って始めた護身術の稽古を通してゆっくり、それこそ亀の歩みのごとく、ゆっくり交友を深め、マリアと多少話せるようになってきている。

マリアが畑に来ない時に、サイラス曰く農家のおばあちゃんと同じと思える友人である私にその喜びを熱く語ってくれた。

こんなクールビューティーで『女遊びももう飽きたぜ』みたいな雰囲気で『護身術を教える時、少し手に触れてしまった』と真っ赤になるサイラスのことは弟のようでなんだか可愛いと思ってしまっている。

今、こうして今まで避けていた食堂へと来たのも、女性に慣れるためというのはもちろん、少しでもマリアと共に過ごしたいという思いからだろう。

それに、ここ最近はソラに何かアドバイスを受けたらしい恋のライバルであるデューイがマリアに積極的にアピールしているから、より頑張らなくてはと思っているのかもしれない。

そしてサイラスは私の前に座った。

えっ、そこはせっかく空いているんだからマリアの前に座ればいいのに。そのために来たんじゃないのかと思わずサイラスを見るが、気まずそうに目をそらされた。

まだ向かい合ってご飯を食べるのはハードルが高いらしい。この人、本当に攻略対象なのだろうか、ゲームⅡではどうやってマリアと結ばれたんだ。

サイラスが私の前に座ったので、ソラがマリアの前に腰を下ろした。

ソラがマリアのことをどう思っているかわからないが、ソラはサイラスとは対照的に女性慣れしている感じなので、ソラがもしマリアに惹かれて本気を出したらすぐ取られてしまうだろうな。

「今日は仕事大変なの？」

いつもより仕事が押したというソラにそう尋ねると、

「仕事はいつも通りだけど、先輩方の人数が少ないからな。それで少し押してる感じだ」

「あっ、そっか、ローラ先輩とコーニッシュ先輩は外へ出てるんだったね」

朝、謎の変装？　をして出かけて行ったのだった。

魔法省は国で一番の勤め先ではあるけど、その実態はなんでも屋さん的な感じで市民からのお願いで狸駆除などの雑務もこなしているので外での仕事も多い（特に我が部署、魔法道具研究室は雑務を押し付けられることが多い)。

「人手が足りないなら私、戻った方がいいかしら?」

私はこの後、闇の契約書の解読という昼食後には睡魔との闘いとなる業務が待っている。正直、あまりいや全然、やりたくないことなので、部署の仕事の方がいいなと思って言ってみたが、

「いや、そこまで大変なわけではないし」

ソラはそう言うとちらりとサイラスを見た。サイラスはこくりと頷いて、

「クラエス嬢が優先すべき業務は解読の方だ。そちらをしなさい」

ときっぱり言われてしまった。

「……はい」

気落ちする私に一緒に(こちらは光の)契約書を解読するマリアが、

「頑張りましょう」と声をかけてくれた。

「うん、もし寝そうになったら起こしてね」

というかほぼ寝そうになると思うけど。

「飯を食べて眠くなるなら、量を控えればいいんじゃないか」

私の量たっぷりのランチを見てソラがそんなことを言った。

「え〜、そんなお昼に美味しいものをたっぷり食べないと午後から頑張れないのよ」

私が断固拒否の姿勢を見せるとソラは苦笑した。

それから世間話をいくつかしている時にその話題は出てきた。魔法学園の生徒を来年度の職員に勧誘するという話だ。

「へぇ～、もう勧誘が始まってるんですね」

私がそう漏らすと、

「そう言えば私が魔法省に声をかけていただいたのもこの時期だった気がします」

とマリアが思い出したように言った。

「そうなんだ。そんな早くから声をかけられるんだ」

学園卒業までまだ半年近くあるというのに。驚く私にサイラスが教えてくれる。

「優秀な人材を求めているのはどこも一緒だからな。早いうちに声をかけておくというのは必須なんだ。特に魔法省と魔法学園は同じ敷地内にあり、魔法省の職員が学園から教師として講義を頼まれていたりと関係も深いので、学園の学生のことも把握できている。よって早々に勧誘し始める」

「そういえば、私が学生の時も魔法省から来ているという先生がいました。それは優秀な学生を見つけるためにということだったのですか？」

「そもそも魔法を教えることができる人物というのがそう多くないという理由もあるが、確かに優秀な学生を見極めて早めに勧誘しておきたいというのもあるだろうな」

「そうなんですね」

それならマリアが早々に声をかけられたのも納得だ。何せマリアは魔力も高く成績も優秀な素晴らしい子なのだから。

あ、そうだ。魔法省がそういった優秀な人材に声をかけているなら、

「あの、学園の生徒会のメンバーにぜひ魔法省に入りたいと言っていた子たちがいたのですけど、その子たちにも声がかかっていたりしますか？」

私はフレイとジンジャーのことを思い出し聞いてみた。ジンジャーは少し魔力が少ないみたいだけど、二人とも非常に優秀なのだ。

本人たちが希望しているなら、きっと推薦してもらえるはずだ。

「そうだな。生徒会に入れるくらい優秀なら、すでに勧誘を受けているはずだな。ただ家を継ぐ必要がなければということになるがな」

「あっ、そうですね。家を継ぐ人は魔法省には入れないですものね」

私の義弟キースやニコルは家の仕事を引き継がなくてはいけないため、父について仕事をしている。そう言った役割のある人は魔法省では働けないものな。

「うちは兄がすでに家を継いでいるので俺は自由にしてよいということで魔法省へ入省したが、家を継がなくてはいけない者は制約も多いからな」

う～ん。前世ではあまりそういうことは意識したことがなかったけど、今世はだいたい親のやっているものを継ぐことが多いからな。好きなように生きられない。

私も今はこうして魔法省で働けているけど、いずれは誰かに嫁ぎ、家のことを回さないといけないという圧力は感じている。

今世は前世より窮屈な気がする。いや、前世では学生までしか過ごせていなかったので、社会人として生きていたらまた何か違うものが見えたのかもしれないけど。

ジンジャーは爵位も低く兄弟もいると言っていたので、魔法省へ入っても問題なさそうな気がする。本人もそうして働いて家に仕送りしたいと言っていたからな。

フレイは、どうなんだろう。こうして改めて思い出してみるとフレイの家の事情を私は全然、知らなかった。

確か侯爵家のご令嬢ということだったんだけど、卒業後にはすぐ結婚しなくてはいけないとかなのかな？　高貴なご令嬢はそういうパターンが多いと聞いている（私の周りにはなぜかそういう子は少ないけど）。

でも本人が強く希望して、跡取りもいれば問題ないのかな。あんなに目を輝かせて未来を語っていたのだ。ぜひ魔法省で働かせてあげて欲しい。

「家の事情まではわからないんですが、本人に強い希望があったのでぜひ入省させてあげて欲しいです」

私がジンジャーとフレイのことをそれとなく話すとサイラスは、

「うむ。優秀な人材が来てくれるのは喜ばしいことだからな。私の方でも少しどんな様子なのか確認してみよう」

と言ってくれた。

「ありがとうございます」

魔法省の幹部、それも花形部署の部署長であるサイラスが動いてくれればきっと大丈夫だ。

そんな話をしつつ昼食を終えて、いつものようにマリアと共に借りている部屋で契約書の解読に挑む。

案の定、椅子に座った途端に眠くなり、大きく伸びたり腕を回したりしてなんとか眠気と闘う。眠気に負けてばかりではいられない。

古字がわからない私は契約書のほとんどをまだ解読できていない状態なのだから、というか注意書きが多くてなかなか魔法について書かれているところにたどり着けなかったというのも原因の一つではある。

闇の契約書には注意書きが多い。

『これに気をつけろ。これはしてはならない』など、これを作った人が心配性だっただけかもしれないが、とにかく闇の魔法を安易に使ってはならないとやたら書いてあるのだ。

「ねぇ、マリア、光の契約書にも注意書きはたくさん書いてある？」

隣で作業しているマリアにそう問いかければ、

「そうですね。あまり安易に使わないという点はそれなりに書いてありますね。そこまで多くはないのですけど」

さすがに十ページ以上が注意書きとして書かれていることはないみたいだけど、安易に使うなと書いてあることに私は少し驚いた。

「光の魔法は人を癒す素晴らしいものなのに安易に使うなって書かれているの？」

「そうですね。傷を癒すのはいいことになるのかもしれないですけど、それが当たり前になってしまうと危険だからではないですか？」

「危険？　なんで？」

「え～と、これは書かれていたわけではなく私が文章からそうなのかなと読み取っただけなのですが、例えば光の魔法を使えばどんな怪我も治るとすれば、亡くなりさえしなければ問題ないと思うようになってしまうかもしれません」

「そうね。ありえるわね」

　私だったらそんな風に思ってしまうかも。

「そうなると怪我をすることへの恐怖や危険という思いが薄れてしまいます。無茶して命を落とす人も増えてしまうかもしれません。光の魔法は使いすぎれば人の心に怪我をしても大丈夫だ、無茶をしても問題ないというような慢心を生み出してしまう危険があるのだと思います」

　私は光の魔法＝傷を癒す素晴らしいもの、たくさん使えればそれだけ人を喜ばせることができるものとしか認識していなかった。

　だけどマリアの言うことは最もだ。傷は魔法で治してもらえるとなれば、少しくらいの無茶も問題ないと油断が生まれるだろう。

「マリアは賢いね。私、そこまで考えていなかった」

「いえ、そのここに書かれていることからなんとなくそう感じただけです」

　マリアはそう謙遜するけど、それを読み取るのがすごいと思う。

私なんてこのたくさん書かれている注意書きを目にしても、これを書いた人は心配性だったんだろうかとしか思ってなかった。

そんな色々と考えているマリアに闇の魔法についても聞いてみたくなった。私はマリアに午前中にハート先輩に言われたことを話した。

「闇の魔法が生み出された理由ですか。私もそこまで考えたことはありませんでしたが、確かに気になりますね」

話を聞いたマリアはそう言って考える素振りをみせた。

「うん。私は完全に悪い人が人を操るために生み出したんだって思い込んでたけど、本当のところはわからないものね」

「初めて闇の魔法の存在を知った時は人の心を操るだけのものと思っていましたけど、今は他にも色々なことができるとわかってきましたからね」

そうなのだ。私たちが初めて闇の魔法を知った時、闇の魔法は人の心を、それも元々持っている思いを増長させるのが主であると認識していた。でも、あの黒髪の女性、サラと出会った頃から闇の魔法はそれだけのものではないことがわかってきた。

使い魔や空間を作り出せたり、攻撃に使えたり、その使用法が多岐にわたることがわかってきたのだ。

元々、存在しなかった魔法、なんのために生み出されたのか、闇の魔法は、謎が多い。

しかし、ただただ怖いと思っていた闇の魔法について少し考え方が変わった気がする。

よし、気合を入れて契約書を解読するぞ！　と思ったが、気合が入ったからといって辞書片手に読み進められるペースはそう変わるわけもなく、いつも通りのくらいの解読を終えて今日が終わった。

いつも帰りはソラと門まで一緒に歩くのがなんとなく習慣化していたのだが、今日は先輩たちが外に出ている分の仕事もあり、まだ終わらないとのことだった。

私も手伝おうと思ったけど、そこまで手が足りないわけではないので帰宅してくださいと言われ、一人門まで向かった。

一人とことこと門まで歩いていると、向こう側から今朝見かけた二人の先輩（変装済み）の姿が見えた。

「ローラ先輩、コーニッシュ先輩、お疲れ様です。お仕事、終わったのですか？」

そう声をかけると、ローラ先輩は、

「ええ、今日はおしまい。もう言葉遣いとか気をつけなくちゃだから、いつもより疲れちゃったわ」

と言って頬を膨らました。

いつものローラ先輩なら似合った（いや慣れた）仕草だが、筋肉隆々の普通の男性姿ではややおかしな感じがした。

「はぁ～、本当に疲れたよ。地味なふりをするのも苦痛だが、美しい顔をこんな風に変えて過ごさなければいけないことが耐えがたいよ。一刻も早く元の顔を戻したいよ！」

　コーニッシュ先輩は叫ぶようにそんなことを言って自分を抱きしめた。

　いつもなら相変わらず変わった先輩だなと思うだけだったろうけど、今日は色々と聞いたので、このキャラもノーマン先輩のためなのだなと思うと少し感慨深い。

「ん、どうしたクラエス嬢、お腹でも空いたのかい？　あいにく何も食べ物は持っていないよ」

　コーニッシュ先輩は無駄に肩を上げて手を大きく振り『ないない』というポーズを決めながらそんな風に言ってきた。

「あ、いえ」

　あれ、なぜだろう。感慨深い気持ちもこの大げさな動きを見ているうちに薄くなっていくから不思議だ。そして私が黙ると大抵の人がお腹が空いたと思うのも不思議だ。

「あらそういえば、これがあったわ。ほら手を出して」

　ローラ先輩にそう言われ、私が言われるまま手を出すと、そこに可愛くラッピングされた飴玉を一つのせてくれた。

「どうぞ」

「ありがとうございます」

　ローラ先輩も私がお腹が空いていると思ったようだ。おかしいな。

　お腹が空いているわけではなかったのだけど、でも飴は嬉しい。

「じゃあ、私たちは報告にいくわ。気を付けて帰りなさい」

ローラ先輩はそう言うとコーニッシュ先輩を引きずりながら、手を振って去っていった。

今日は女装も何もしていないからどう見てもただのマッチョ男性なのだけど、それでもローラ先輩を見ていると『お母さん』と呼びたくなるから不思議である。

そういえばソラがローラ先輩にも何か秘密があるのかもしれないと言っていたな。

あの明るく優しいローラ先輩に秘密、あったとしてもきっと大したものではないんじゃないかと思える。それはローラ先輩がいつも明るく笑っていて暗いものを感じさせないからだ。

それでも、もしそうして明るく笑っている中で大きな秘密を抱えているならそれはきっと簡単には踏み入ってはいけないものだ。そこまで必死に隠されたものに触れてはいけない。

まぁ、ローラ先輩がどんな秘密を抱えていても私の優しく頼りになる先輩であることは変わらないからな。

私は二人の去り行く姿を見送り門へと歩き出した。


いつものようにクラエス家の馬車でウトウトしながら家に帰ると、お父様とキースはまだ帰宅していなかった。

なんでも急ぎの仕事が入って帰りが遅くなるらしい。家族第一のお父様にしては珍しいことだ。

結局、お父様たちは夕食の時間になっても帰ってこなかったので、私とお母様で食事を取った。非常に久しぶりの母と娘だけの食事はお母様による『魔法省ではちゃんとできているのか？』という質問攻めとも言えるものとなった。

私も成長し失敗もぐっと少なくなってきているこの頃だけど、お母様にはいつまでも手のかかる心配な娘なのだろう。心配される内容が子どもの頃からさほど変わらないのだから。お母様、私はもう成人した社会人の娘なのです。職場で木登りも魚釣りもしませんわ。まぁ、畑仕事は趣味だから少し嗜(たしな)みますけどね。

お母様との食事を終え、寝る支度を整えた頃になってもまだお父様たちは帰宅していないようだった。本当に珍しいこともあるものだと思いつつ、明日も仕事があるのでベッドへと入る。

ぼんやりと天井を見つめているとなんとなくハート先輩と話したことが頭によぎった。

闇の魔法が生み出された理由、誰がなんのために生み出したのだろう。契約書を読み進めていけば何かわかるのかしら。

そう言えばゲームⅡのカタリナは私と違って闇の契約書を読み解いて魔法を使いこなしていたな。なんでゲームⅡのカタリナは私より出来がいいんだろう。

いや、出来がよければせっかく国外追放されたのにわざわざ捕まりに戻ってこないか、そう考えればやっぱり私より賢くないのか？

しかも今度はⅡの新しい攻略対象と主人公の仲を邪魔するとかどんなだよ。なぜわざわざ人数の多い新キャラの方へ行ったのだ。ジオルドとキースの邪魔はもういいんかい。そこは初心を貫かないのかい。

ん、そうだ。Ⅱにはカタリナの他にもⅠのライバルキャラも出るんだよね。

確かそれぞれのライバルキャラが関わってきて、その子たちと上手く付き合ったり、認めてもらうことで恋が進展するって、かつて本に挟まっているのを発見した日本語でゲームの説明が書かれた不思議なメモに書いてあった。

メアリはアラン、ソフィアはニコルときて、ジオルドとキースはどうするんだろう？　そこもカタリナ？　あれ、でもカタリナが邪魔するのは新キャラってなっていたからな。いくらカタリナでもそんなにフットワーク軽くないから、新キャラ＋ジオルドとキースもなんて人数が多すぎて邪魔できなそうだけど……どうなっているんだろう。

その辺の夢も見れれば助かるのに、また見れないかな。あの夢、前世のことは考えながら眠ればいけるかな。う～ん。でも見ようと思って見れたことないんだよね。

でも試すだけしてみるかな。前世、乙女ゲーム、マンガ、アニメ、お菓子、カップラーメン、ポテトチップス、え～と、それから。


「カタリナ様、朝ですよ。起きてください」

いつものアンの声で目を覚ました。

なんだか食べ物がいっぱいのいい夢を見た気がする。

「起きてお支度してください。魔法省へ向かう時間になりますよ」

アンはいつも通りテキパキと支度を整えてくれる。

私が半分寝ぼけながら、身を任せているうちに支度は整っていく。

そして朝食をもぐもぐと食べ馬車へと向かう。

クラエス家は夕食は家族一緒が多いけど朝食は個人での時が多い。社会人になって時間帯もあわないからね。だから今日も朝食は私だけだった。だからそのまま馬車に乗って魔法省へ仕事へ行こうとしたんだけど、なぜか馬車へ行く途中にお父様が姿を現した。

「お父様、おはようございます。どうしたのですか？」

お父様は昨日（きのう）、遅かったとのことでまだ休んでいると思ったのだが、忙しく今日も早く出るのかな？

「おはよう。カタリナ、実は少し話があってね」

「話ですか？」

「ああ、実は今日からカタリナに護衛をつけようと思ってね」

「えっ、護衛ですか!?」

突然の護衛をつける話に私はものすごく驚いてしまった。

いや、私の身分的に護衛がつくのは普通なことなんだろうけど。

ただ私の行動範囲であるソルシエの首都部分はとにかく治安がいいので、今まで特に護衛をつけるという話が出たことはなかった。

それがここにきて急になぜ？　それもこれから向かうのはお城と同じくらい安全と言われる

魔法省だ。護衛なんていらないだろう。お父様に宿敵でも現れたんですか？」

「突然、どうしたんですか？　お父様に宿敵でも現れたんですか？」

　お父様は基本、温和冷静だけど家族が絡むと少し暴走するところがあるからそれで誰か敵を作ってしまったとか？

「いや、宿敵はいないのだが、最近、面倒な人に絡まれているからその対策にね。ランドール侯爵家の話はキースに聞いているかい？」

　ランドール侯爵、スザンナ様の実家のことか、そう言えばキースが『気を付けろ』って言っていたのよね。

「はい。権力欲の強い人で、スザンナ様たちがなかなか婚姻しないことに焦っているみたいだって」

「そうなんだ。それでその焦りからこちらにまで色々とちょっかいを出してきてね。これが人望はいまいちだけど力はある人物だから厄介でね」

　あっ、人望はいまいちなんだ。スザンナ様のお父様というから似たようなフレンドリーな人を想像してたけど違うのだな。というかスザンナ様とは仲が悪いのだっけ、そうするとあんまりな人なのかな。

「その人が私に何かしてくるんですか？」

　面識もないし、私に何かしたところで権力が手に入るわけでもないだろう。むしろ家族ラブのお父様の怒りを買って大変なことになると思うのだけど。

「さすがにしてくるとは思いたくないけど、そんな気を起こされないためにも護衛をつけてアピールしておきたいというのもある。魔法省内ではまた別に頼んであるから、行き帰りの馬車はクラエス家の護衛をつけるからね」

「あっ、はい。わかりました」

私の元気な返事にお父様は、

「では気を付けて行ってきなさい」

と手を振って去って行った。私に護衛のことだけ告げにきただけだったようだ。

しかし護衛か～、馬車の中に人が一緒、それもアンやキースではないとなると……爆睡するのに気が引けるな。

魔法省内では色々と（闇の魔法とか）内密なことがあるので内部の人なのだろうけど、それもあまり親しい人でないと気を使うな。

面倒だな。私はランドール侯爵が何かしてくるということより護衛がつくという弊害ばかり考えてしまった。

ため息をつきつつ馬車に乗ると護衛はなんと外から馬でついてくるシステムだとわかり、問題なく爆睡できると安心した。

ちなみに護衛についてくれたのは畑仕事をよく手伝ってくれたお兄さんたちで、私は彼らがクラエス家で護衛の役割を担っていたということを今日、初めて知った。

「えっ、お嬢様は私たちのことを何だと思ってたんですか？」

というお兄さんたちの問いに、

「畑手伝いの人」

と素直に答え、皆にため息をつかれてしまった。

いや、だってね～、今まで護衛とかいらなかったし、あれ、でもたまについてきている時があったのは、あれは護衛だったのかしら？

こんな感じで護衛つき馬車、ただし私自身には対して変わることない出勤が始まった。

らう。

　馬車の中は一人きりだったのでいつも通り爆睡し、魔法省へ着いたら御者さんに起こしてもらう。

　馬車を降りて門へ行くまで護衛のお兄さんたちがついてくる。なんだか高貴な身分のご令嬢にでもなった気分だ。あっ、もともと高貴な令嬢ではあったわ！

　門へ行くと、なぜかソラが待っていた。

「おはようございます」

　護衛のお兄さんたちと私にソラはかしこまってそう挨拶した。

「おはようございます。お嬢様をお願いします」

　護衛のお兄さんたちがソラにそう声をかけて去っていく。

　私は終始頭にはてなを浮かべながらそんな様子を見守った。

「あの……ソラ、どういうこと？」

　護衛のお兄さんたちの後ろ姿を見送りながら並んだソラに尋ねると、

「本日から魔法省でのカタリナ・クラエス様の護衛の任務に当たることになりました。ソラ・スミスと申します。どうぞよろしくお願いします」

　初めて出会った執事姿の時のように優雅に礼をしてそう言った。

「えっ、魔法省内での護衛!?」

驚いた私にソラは不思議そうな顔で、

「聞いてないのか?」

と言った。

そこで私は家を出る前のお父様の言葉を思い出した。

『魔法省内ではまた別に頼んであるから』

そうだそういえば魔法省内で頼んであるって言ってたかも。

「……聞いてた。それでその護衛がソラなの?」

「ああ、部署も一緒で色々と事情も知ってるし適任だろうって」

確かにその通りだ。

ソラは闇(やみ)の魔力と『闇の契約の書』のことも知ってる(マリアの契約の書のことも)。これほど適任はいないだろうけど、

「でもソラにはソラの仕事があるんじゃないの。わざわざ私の護衛をしてもらうのは申し訳ないんだけど」

ソラも魔法道具研究室の一員として仕事を引き受けこなしているわけで、そんなソラが私の護衛で抜けるのは部署としても大変なはずだ。

「ああ、その辺は大丈夫だ。クラエス公爵は魔法省に正式に護衛の依頼として報酬込みで頼んできたらしいから、俺(おれ)が抜ける分の人材も別部署から手配済みだ」

「そうなんだ。魔法省に正式に依頼したんだ。お父様」

魔法省はなんでも屋的な部分があるから護衛依頼みたいなのもあると聞いていたけど、内部で職員を職員が護衛とは――――なんか不思議だ。

「しかし、いい父親だな」

「えっ、私のお父様？」

「ああ、あんたの意思を尊重してくれてんじゃん。護衛なんてつけるより、あんたに仕事休んで家にいろって言った方が楽なのに」

ソラに言われて私ははっとした。その通りだと思ったから。

今ではやりがいを感じ頑張りたい仕事だけど、最初はジオルドとすぐに結婚して王族になる覚悟がなくて逃げるような目的で入った。

実際『公爵令嬢の暇つぶし、腰掛けだ』と色々と言われてきた。今だってまだ言われている。お父様だって仕事場で耳にしているだろう。成人した貴族の娘がこうして働くことをよく思わない人は多い。

そんな中で決して周りに褒められない娘の仕事を休めというわけでなく、かわりに護衛を頼んでまで職場に出してくれるお父様。

婚姻をせかさないこともそう、お父様はいつも私の気持ちを尊重してくれるんだ。

私は本当に家族に恵まれている。今世もそして前世も。

「私、幸せ者だな」

思わず漏れた呟きにソラが、

「よかったな」

そう言って笑ってくれた。

「うん。ソラ、じゃあ護衛、よろしくお願いします」

「任せてください」

ソラは恭しくお辞儀してそう言った。

そうして私はできる執事のように洗練された雰囲気を纏ったソラと共に部署へと出向いた。

魔法道具研究室のドアをノックして中へ入る。いつも通りなら（ソラが今日は一緒なので）一番だと思ったのだけど先客がいた。

「あら、おはよう」

筋肉ムキムキ男性、本日も変装しているローラ先輩と、

「おお、新人、おはよう」

コーニッシュ先輩だった。こちらも昨日と同じ普通（地味）な服装とメイクで変装済みだ。

きっとこれからまた任務なのだろう。

「先輩方はこれからまた外でお仕事ですか？」

そう尋ねると、コーニッシュ先輩が大げさに絶望したポーズを取り、

「そうなのだよ。またこの地味な装いで地味な人物を装わなくてはならないんだ。僕という美を失って世界が泣いているよ」

と嘆いた。

コーニッシュ先輩のこれはノーマン先輩のため、ノーマン先輩のため、私は心の中でそう言い聞かせた。

「ええ、このアホの面倒を見るのにも疲れてきたから早く終えてしまいたいけどそうもいかなくてね。もうしばらくかかりそうなの」

ローラ先輩は頰に手を当ててため息をつく。ただの男性の姿でもローラ先輩の仕草はいつも通りなのでなんだか違和感が半端ない。

しかし、先輩方が昨日に引き続き外でお仕事となると、

「じゃあ、うちの部署は今日も人数少ないんですね。それなのにソラにまで私の傍についてもらって本当に大丈夫かな」

ソラを護衛として独占するのがまた申し訳なくなる。

「いや、俺より優秀な人材が何人も来るから大丈夫だって」

ソラは軽い調子でそんな風に言うけど、ソラは新人だけどすごく優秀で仕事もできるって先輩方が言っているのを私は知っているんだからね。そう思えばなおさら独占していい人材じゃないよな。

お父様、おいくらで依頼したのかしら？

「ん、なんの話？」

私とソラのやり取りを聞いてローラ先輩が首をかしげながら聞いてきた。ソラの護衛の件、

先輩方までは伝わっていなかったようだ。

　ソラがクラエス家から魔法省を通して依頼を受け私の護衛をするのだと話した。

「そうなの、カタリナ嬢の護衛ね。確かにカタリナ嬢ってこう見えて公爵家のご令嬢なのよね。こんなんだからすぐ忘れちゃうのだけど」

　こんなんだから？　先輩のこれは褒めているのか、貶しているのかどちらだろう。

「でも、今までは普通に勤務していたのにどうして急に？」

「あ～、え～と、その」

　さすがにランドール侯爵に絡まれている件をここで先輩方にすんなり話していいものなのか考えてしまう。

　そんな私の様子に聡いローラ先輩は瞬時に気付き、

「言えないことなら無理に言わなくてもいいのよ」

　と笑顔を見せた。

　ローラ先輩は気遣いの達人だな。そう感心する私に
「でも急遽護衛が必要な事態になったということは、気を付けなさいね」

　と真剣な顔で言い聞かせるように言った。

　その横で話なんて聞いていなさそうだったコーニッシュ先輩も「気を付けろよ」と真面目な顔で言ってきたので少し驚いた。

　護衛をつけられた私自身はあまり感じていなかったけど、魔法省で護衛つきってけっこうな

ことなのかしら？

　再度私に気を付けるように念を押し先輩二人は変装への愚痴をこぼしつつ仕事へと出ていった。


「魔法省内で護衛がつくってけっこうなことなのかな？」

　ローラ先輩たちを見送った後、ソラにそう尋ねてみたけど、

「俺もまだ働き始めて日が浅いからよくわからんが、護衛つきの職員は見たことないな」

　と返された。

「そ、そうよね」

　私だって見たことない。ここは貴族も多いというのにそれだけ安全とされているのだろう。

　近隣諸国で一番豊かで栄えているソルシエ王国はとても治安がいい国として知られている。そして私の活動範囲（お城や魔法学園や魔法省）はそんなソルシエの中でもとくに治安がいい場所である。貴族令嬢が一人で闊歩していてもなんら問題が起きたことがない。

　そういうものだと思っていたけど、この間、お城へ呼ばれて国王様から聞いた話を思い出した。王宮内での命すら奪うような恐ろしい王位継承の争い、そこでは闇の魔法も使われたという。

　豊かなソルシエだがそこで暮らす人たちはいい人ばかりではない。

わかってはいたはずだったけど、こうして国で一番治安がいいはずの場所でも護衛をつける必要があるほど気を付けなくてはいけない人物がいることに少しだけ驚いた。

ランドール侯爵、一度も直接会ったことはないが、お父様がこんな対策を立てて警戒する人物は初めてだ。

娘であるというスザンナ様に危険はないのだろうか。でも長年親子をしており、また今は一緒に暮らしてはいないらしいから大丈夫だろうか。それにスザンナ様にはジェフリー王子がついているからな。あのジオルドが優秀だというくらいの人だ、きっとしっかりスザンナ様を守ってくれるはずだ。

そうなれば私は、私と私を心配してくれる人たちのために自分の身を守る行動をしよう。

私はそう決意した。

それでも、できればランドール侯爵が早くクラエス家から興味を失ってくれますようにと願わずにはいられなかった。


ソラと一緒に部署の掃除など朝の支度をしているうちに他(ほか)の先輩たちも次々に出勤してきた。

ちなみに今日はラーナが（個人的でない）正式な仕事で外に出ているため部署の責任者が副部署長のラファエルになるので、ラファエル先生の闇の魔法教室はお休みである。

そんなラファエルは責任者であるのでソラが私の護衛につくことを知っていて、

「ソラ、くれぐれもクラエスさんを頼みますよ。彼女は皆にとって、とても大切な人ですから」

とソラにまるで前世のドラマみたいな声をかけていた。

いやなんなんだその台詞(セリフ)、お父様か、お父様がそんな風に言って依頼したのだな。あの娘ラブなお父様め、恥ずかしいったらありゃあしない。

しかもソラも恭しく礼をしながら、

「はい。もちろんです」

とか言わなくていいよ。

なんとも恥ずかしい気持ちになりながら、今日は朝から契約の書の解読に向かう。いつもの昼食後からより眠気がこない分、やりやすいかもしれない。

護衛としてソラもいるから寝ても起こしてもらいやすいな。

契約の書の解読にマリアと共同で借りて使っている部屋へ行くと、すでにマリアも来ていた。

そしてその隣にはなぜかサイラスの姿があった。

魔力・魔法研究室の部署長として忙しいサイラスが仕事時間にここにくることはほとんどない。

「サイラス様、こんな時間にどうしたのですか？」

と尋ねると、サイラスは少し眉(まゆ)を下げ、

「ああ、カタリナ嬢、君にも話を聞いておきたいと思ったんだが――」

そんな風に切り出し話し出したそれは、私には信じられない話だった。

仕事が早くできる男として知られるサイラスは、昨日のお昼に私が話した後輩のことを仕事終わりにさっそく調べてみてくれたらしい。すると思ってもいなかった話が出てきたのでそれを先輩であるマリアと私に確認したいということだった。

まずジンジャーの方は魔力こそそこまで高くないが非常に優秀で、兄弟もいっぱいいるので跡取りの件も問題ないだろうと魔法省がスカウトすべき人材としてチェックしていたというが、問題はフレイの方だった。

なんとフレイ・ランドールは現在、ジオルド・スティアート第三王子の婚約者候補に名乗り出ているというのだ。

「はへぇ」

話を聞いて初めに出てきた言葉がこれだった。だってあまりに意味がわからなさすぎて。

ジオルド・スティアート第三王子と言えばこの国では一人しかいない。

彼は現在、私、カタリナ・クラエスの婚約者であるはずだ。婚約が解消になったという話は聞いていない。というかむしろこの間、婚約どうするの的な話をお父様に言われて改めてジオルドに気持ちを伝えたばかり……あれ、もしかしてあれでジオルドが私を嫌になって婚約を解消に？

いや、そんな話は聞いていないし、ついこの間、一緒に畑の収穫をしたばかりだ。

それにフレイもあの場にいたけどそんな話はまったく出てない。というかフレイは目を輝かせて魔法省で働きたいと語っていたのに――。

「どういうことなんですか？」

そう言ってサイラスに詰め寄ると、

「私もどういうことだかわからないので君たちに聞きにきたのだが……」

サイラスに困った顔をさせてしまった。

「そ、そうでした。すみません」

「いや、しかし本当にどういうことなんだろうな。ジオルド王子の婚約者はカタリナ嬢だというのに……私が中央の出身ならもう少し探りようもあったのだが」

サイラスがそう言って自身の額に手をおいた。

「サイラス様の出身が何か関係あるんですか？」

「ああ、私は魔法省の方での伝手はあるが、もともとは辺境の出だから中央の貴族とはそれほど繋がりがないんだ。そうなるとそちらの情報は入りにくい」

そうか、サイラスは元々、辺境伯のご子息で国の端の方の地方育ちだった。

そこに若い女性がいなかったから苦手になったのよね。

「カタリナ嬢の方がその辺の情報は掴めるのではないか？」

サイラスは私を見てそんな風に言ってきた。

確かに私は中央生まれの中央育ちの公爵令嬢。サイラスたちのように地方の出身者にしたら生粋の中央の貴族と言えるだろう。

しかし、残念ながら私に情報を掴むなんて高度なことはできない。そういうのは一番の苦手分野なのだ。

「私、そういう情報を集めるのとか苦手なので」

私はその一言にすべての思いを込めてサイラスを見た。

サイラスはそれを受け、非常に残念というか可哀想(かわいそう)といった表情になった。どうやら私の思いは届いたようだ。

そうしてしばし私を残念そうに見ていたサイラスは、すっと視線をずらすと、

「そういえばソラ・スミス。君はどうしたんだ。何か用か？」

私の後ろにいるソラにそう話を振った。どうやら話を逸(そ)らす作戦らしい。というかソラの護衛の件は他部署のサイラスまでは伝わってはいなかったらしく、サイラスはソラが何か用があってここについてきたとでも思ったようだ。

「クラエス公爵から魔法省にご令嬢の護衛の依頼が入ったので、本日から、カタリナ・クラエス様の護衛を務めることになりました」

ソラはローラ先輩たちにしたのと同じようにそう話した。

サイラスが不思議そうな顔をする。

「カタリナ嬢に護衛、今更どうしてだ？」

まぁ、それはそうだよね。今まで護衛なんてつけず好きなように動いてきたものね。

「そのえーと、色々と貴族間のあれこれがありましてお父様から護衛をつけるように言われま

して」

　こちらにもすんなり話していいものかわからなかったのでそんな風に誤魔化す。

　サイラスもその辺の事情を汲んでくれたようで、

「貴族間、特に中央貴族は色々とあるのだろうな」

　と頷き、

「ランドール家も一体、何を考えているのか」

　とポツリと呟いたので私は驚いてがばりと顔を上げ、

「えっ、サイラス様もランドール家に何かされているんですか!?」

　そう叫んでしまった。

　サイラスの眉がぎゅと寄った。

「俺もランドール家に何かされるとはどういうことだ？　カタリナ嬢は何かされているのか？」

　そう問われ、ここまで言ってしまえばしょうがない、他にはあまりしゃべらないでくださいと伝え私は護衛がつくようになった経緯をサイラスとマリアに話した。

「なるほど、そういうことだったのか」

　サイラスは眉間に皺を作ったまま頷いた。

「何かされたというわけではないのですけど、念のためという感じです。ちなみにサイラス様の先ほどのセリフは一体、どういうことですか？」

「ああ、それは君たちの後輩のフレイ・ランドールのことだ。今回の婚約者候補の話、まさか彼女が一人で動いているとは思えないので、家の意向だろうと思うがなぜ今、そんなことを思ったのだが――」

サイラスが言い切らないうちに私はばっと椅子から立ち上がって叫んでいた。

「そうか⁉　フレイの家名、ランドールだ⁉」

その声に後ろにいたソラが、

「ようやく気付いたか」

と小さく呆れたような声を漏らした。

「えっ、ソラ、気付いていたの？」

ばっと振り返って尋ねれば、

「そりゃあ、今しがた聞いたばかりの名前がまた出てくれば気付くだろう」

呆れた顔で言われた。

「う〜、気付いてたのなら教えてくれればいいのに」

口を尖らせそう言うとソラは、

「今日の俺の役目は護衛だからな。陰に徹してるんだよ。それでもこのまま気付かなかったら教えようとは思ってた」

とのコメントをくれた。なんというか職務に徹しているというかなんというか。

しかし、そこはすぐに教えてくれればいいのにと思ってしまう。

「それでカタリナ嬢の後輩のフレイ・ランドールと、カタリナ嬢の父親が警戒しているランドール侯爵という人物は血縁者という解釈でいいのか？」

私とソラのやり取りが終わるとサイラスがそう聞いてきた。

「フレイに家のことを聞いたことはないのですが、侯爵家の家名を他人が名乗れるわけないので家の人間であるとは思います」

ただ貴族社会には養子等も多いため、必ずしも血縁とはいえないかもしれない。でもその家の人物であるのは確かだ。

「フレイ・ランドールがジオルド王子の婚約者候補を名乗り、そしてランドール侯爵はクラエス家に余計な干渉をしようとしている。これは繋がっているだろうな」

サイラスの呟きに、

「……そうですよね」

私も同意する。むしろ関係ないと言われた方が驚くだろう。

ラーナに憧れ魔法省でバリバリと働きたいのだと目を輝かせて語っていたフレイが突然、なんの前触れもなくジオルドの婚約者候補を名乗る。ひどく不安になった。フレイは大丈夫だろうかと。

ランドール侯爵、あの家族の前以外ではとても優秀だと噂のお父様が危険視する人物。

「あの、サイラス様、私、フレイの身がすごく心配になってきました。ランドール侯爵ってどうも危険な人みたいで」

「そうなのか、私はその人物を知らないのだが、昨日君たちから聞いた後輩の話と今の状況を考えるとよくない状況ではありそうだな」

とにかくフレイが心配だ。

誰か、スザンナ様のように守ってくれそうな婚約者とかがいればいいのだが、フレイに婚約者がいるという話は聞いたことがない。というかそもそもジオルドの婚約者候補を名乗っているならそんな存在はいないか。

フレイは今、魔法学園の二年生で学生寮で生活している。今は学園は休みでないのできっと普通に授業を受けたりしている。

そして魔法学園と魔法省は同じ敷地にある。

「サイラス様、私、フレイの様子を見に行きたいです。それで本人からちゃんと話が聞きたいです」

私の言葉にサイラスは困った顔になった。

「職場の上司として短時間の休憩を出すことは可能ではあるが、クラエス公爵が警戒している家の人間に会いに行くのを簡単に許可するのは個人的に容認できないな」

うう、サイラスの言うこともわかる。

先ほど自分の身を守ろうと決めたばかりで、ランドール侯爵と関わりがあるだろうフレイの元へ行くのがよくないというのは最もだ。だけど、

「私を慕ってくれている大事な後輩なんです。何か困ってるならできることはしてあげたい」

キラキラした目で夢を語ってくれたフレイ。私と一緒に働きたいと言ってくれた可愛い後輩。

どうしてこんなことになったのか、どういう状況なのか、ちゃんと本人から聞きたい。

「気持ちはわからなくはないが……」

サイラスがそう言った時、

「あの、でしたら私が話を聞いてきましょうか。私は平民ですので何のしがらみもない立場ですから」

なんとマリアが挙手しながらそんな発言をしてきた。

「えっ、マリアが!?」

驚く私の目をまっすぐに見つめてマリアは、こくりと頷いた。

「フレイさんは私の後輩でもあります。このような話を聞いてとても心配です。フレイさんはカタリナ様を慕っているようだったので本当はカタリナ様がいければいいのでしょうけど、フレイさんの個人の意思はともかくランドール家はカタリナ様をよく思っていない。そうなれば何のしがらみもない私の方が事が問題なく進むと思います」

確かにマリアは貴族ではなく平民であり、貴族の派閥問題などには無関係の存在だ。だけど、

「ランドール侯爵は危険な人みたいだから、さすがにマリアを一人で行かせるのは心配だわ」

マリアに護衛はついていないし、マリアは魔力こそ高いけれど使えるのは光の魔法だけで攻撃的なものはない。私のように戦える使い魔がついているわけでもないので何かあっても己の身を守れないのだ。

マリアもそれは自覚しているのか、私の言葉に困った顔になる。そこで、

「それならば、マリア嬢には私がついて行こう」

サイラスがそう口を開いた。

「えっ、サイラス様。お仕事は大丈夫なのですか？」

嬉しい提案だったけど、思わずそう聞いてしまった。だってサイラスは魔法省の花形部署の部署長でとにかく忙しい立場なのだ。

「ああ、今日は比較的仕事が落ち着いているから少しくらい抜けても問題ない。それにマリア嬢が心配だからな」

後ろの台詞後に少しだけ顔を赤くしたサイラスは彼にしたらかなり頑張った。好きな女性のためならなんのそのというところなのだろう。

「ありがとうございます。サイラス様」

マリアにキラキラした目を向けられてサイラスは実に嬉しそうだ。

魔法省花形の部署長にして魔力は高く、魔力なしにしても非常に腕が立つ辺境伯子息のサイラスがついて行ってくれるならこんな頼もしいことはない。

安心してマリアにお願いできる。

「サイラス様が一緒に行ってくれるなら安心だわ。マリア、よろしくね」

私がそう言うとマリアはしっかりと頷いてくれた。

そう決まるとすぐにマリアとサイラスは部署へ戻り、少し抜けることを告げ魔法学園へと向

かってくれた。

「あんたはどうしても自分が行くと言い張るのかと思った」

二人で残された部屋の中でソラがポツリとそう呟いた。

「えっ、私ってそんなにわからずやだと思われてる!?」

ここにきて私もゲームの悪役令嬢みたいになってしまっているのかと不安を覚えるが、続いたソラの言葉は違った。

「いや、なんというかあんた、親しい奴のこととなると我を忘れて必死になるところあるから、今回もそうかなと思ってさ」

その言葉は私が恋愛の他に怖いと思っているもう一つのことを思い出させた。

「それは……その」

適当にごまかしてしまおうかと思ったけど、ソラが心配そうな目でこちらを見ていることに気付いてそれはしたくないと思った。

私は再度、口を開いた。

「私、突然、大事な人とお別れになるのがすごく怖いの」

「突然の別れ？」

「うん。さよならもありがとうも言えないまま、永遠に会えなくなってしまうかもと思ってしまう時があって、だから親しい人に何かあると不安になるの」

それは八歳で前世の記憶を思い出してから芽生えた恐怖だ。

恋愛が怖いという気持ちと同じでずっと蓋をしていたけど、恋愛が怖いという気持ちを認めることができたことでそちらも思い出すことができた。

怖いというこの気持ちも確かに私の一部で、いつまでも見ない振りをしているわけにはいかない。私はこの気持ちと向き合うと決めたのだから。

「あんたにもそんな経験があるのか？」

ソラが目を見開いてそんな風に聞いてきた。

「……そうだね。ソラにもあるの？」

それは今世でのことではないけど——気付いたら大切な人たちに何も言えないままもう会えなくなってしまった。

「……そうだな。俺もたまにそんな風に思う。あの時、もっとちゃんと話をしていればってな」

ソラはそう言うと切なそうな顔で遠くを見つめた。突然、さよならになってしまった人を思い出しているのかもしれない。

私も前世の家族と友人たちを少しだけ思い出す。

怒りっぽいけど愛情深いお母さん、お兄ちゃんたちよりちょっぴりだけ私を甘やかしてくれたお父さん、私を女子だと思っていないのか弟に接するような兄たち、一緒に趣味を楽しんだ親友。

皆のことを思い出すと今でも胸が痛い。もらったたくさんのものを少しも返せていなくて辛い。

今年、前世の年齢を超えた私、今度はおばあちゃんまで長生きして、皆に恩返しをして生きたい。

「それで、不安になって暴走してしまってたのはわかったけど、それは抑えられるようになったわけ？」

現実に戻ってきたソラがいつもの調子でそんな風に聞いてきた。

「う～ん。全部、抑えられるようになったわけでないけど、そのせいで大切な人に迷惑をかけたら、元もこもないからね」

恐怖に蓋をしていた頃にはわからなかったことがようやくわかるようになってきた。

「それにソラには前に任務中に私が考えなしについていって人質になってしまってとても迷惑をかけてしまっているから、また私が無理に行ってソラに迷惑かけるわけにはいかないよ」

そう言うと、ソラは目をぱちくりさせた。

「いや、あれは俺にも油断があったからであんただけのせいではないし、その、あんたにならい少しくらい迷惑をかけられても問題ないから」

「ソラ」

同僚の優しさが心に染みる。

「でも、そんなわけにはいかないから気を付けるわ！」

私はそう宣言して、契約の書の解読作業を開始した。

ただやはりフレイのことが気にかかり、思うようには進まなかった。

それからしばらくして、私がダラダラと契約の書の解読に勤しんでいると、マリアとサイラスが戻ってきた。私たちの後輩であるジンジャー・タッカーを連れて。

「えっ、ジンジャー、どうしたの!?」

なぜフレイの様子を見に行ってジンジャーを連れてくるのか困惑したが、

「その、フレイさんは今、学園をお休みされているとのことで、仲の良かったジンジャーさんなら何か知っていらっしゃるかなと思ってお話を聞きにいったんです。でもやはり何もご存じないそうなので……ただカタリナ様にお話ししておきたいことがあるとのことで一緒にきてもらいました」

マリアがそのように経緯を説明してくれた。

フレイは学園を休んでいる。つまり自宅に、ランドール家にいるということだ。不安が一気に増していく。

ジンジャーはひどく沈んでいる様子だった。フレイの事情は知らないということだが、私に話したいことがあるという。何か今回の件に関係がありそうなことを知っているのだろうか。

「フレイはなんで学園を休んでいるの？」

そんな私の問いには、

「家の都合ということしかわからないです。実際、ある日突然、家に呼び出されて『少し行ってくる』と言って出て行ったきりなんです」

　暗い顔をしたジンジャーがそう答えてくれた。

「……そうなの」

　それはなんとも怪しい話である。

「それでジンジャーが私に話したいことというのは？」

　そう尋ねると、ジンジャーはマリアやサイラス、ソラに目線をやった。おそらく私以外には聞かれたくない話なのだろう。

「マリア、サイラス様、一度、退出していただいてもいいですか？　ソラは、今、護衛なので部屋の前で待機してもらっててもいい？」

　皆を見てそう言って確認すると、皆、承諾してくれた。

『話が終わったらまた』と言い残し皆が部屋を出ていき、私とジンジャーは二人きりになった。

「あの、すみません。我儘を言ってしまって」

　ジンジャーが申し訳なさそうにそう言って頭を下げた。

「いいのよ。他の人には聞かれたくない話なんでしょう」

「……はい。あの、私のことではないので勝手に人に話してはいけないと思って」

　ジンジャー自身の話ではない。ここまでの流れを思えば、

「もしかしてフレイのこと？」

　そう聞けばジンジャーは小さく頷いた。

「フレイが『初めて人に話した』って……『それでイメージ変わると悪いから話さないで』と言ってたんで、勝手に人に話すわけにはいかないと思って」

それは真面目で友人思いのジンジャーらしい答えだった。しかし、

「その話を私が聞いていいの？」

と確認すると、ジンジャーは少し躊躇（ためら）った後、

「カタリナ様ならいいと、フレイも許してくれると思うんです。カタリナ様はフレイにとって特別ですごく大切な人だと言っていたので」

そう言った。

「フレイがそんなことを⁉」

正直、驚いた。ジンジャーが私に懐いてくれているのは気付いていたけど、フレイとはそれほど親交があったわけではない。

フレイは勉強も運動もでき身分も魔力も高く、それでいてコミュニケーション能力も高いお嬢さんだったので特に私が何か手伝ったこともなく（手伝ってもらったことなら何度もある）、私をそんなに慕ってくれている理由がわからない。

もしかしてジンジャーの勘違いではないのかと心配になったが、

「カタリナ様の一言がフレイを変えてくれたんだそうですよ。カタリナ様がいなければ今の自分はないってフレイよく言ってました」

ジンジャーはどこか誇らしげにそんな風に話してくれた。

その話で私はこの間の収穫祭でのことを思い出した。

そう言えばフレイがそのようなことを言っていた。

初めて会った時にどうのこうのと――――正直、その時、私が何を言ったのかは覚えていなかったが、初めて会ったフレイをそこで思い出したのだ。

あまりに今のフレイと違うので同一人物だとは思っていなかった女の子。

すごく暗い顔をして、すべてを諦めたような悲しい目をしていた。

あの子が元々のフレイだったのなら、学園にくる前のフレイはきっとあまり幸せとは言えなかったのではないか、そう思えた。

「……じゃあ、謹んでフレイのこと聞かせてもらうわね」

私がジンジャーをまっすぐに見つめそう告げると、ジンジャーも深く頷いた。

「これは私が家族についてフレイに話した時に、フレイが話してくれたことなんですが――――」

ジンジャーはそう言って話し始めた。

きっかけはジンジャーに家族からの手紙が届いたことだったという。

生徒会室で何気なくその手紙の中身に目を通し、腹が立ち手紙を乱雑にしまったジンジャーを見たフレイが『どうしたの？』と声をかけてきたのだと言う。

生徒会室にフレイと二人きりだったこともありジンジャーはフレイに手紙が自分の家族からのものであること書かれていることに腹が立ったのだと説明した。

「私は元々、好色な男爵が手を付けた身分の低い使用人が産んだ子でした。タッカー男爵にはそういった子どもがたくさんいて、そういう子は皆、母親の実家で引き取られて育てられていました。ただ私を産んでしばらくして亡くなった母には身寄りがなく子どもを預ける先がなかったため私は仕方なくタッカー家の離れで育てられました。身分の低い使用人の子だったので基本放置で、父だという人物には魔力が発動するまで会ったことがありませんでした。数名の使用人が交代で少しずつ世話をしてくれたという感じです」

「……」

ジンジャーはなんでもないことのように淡々と語ったが、ひどい話だ。

「十二歳で魔力が発動してから、タッカー家で初めての魔力持ちということで急に担ぎあげられたんです。父だという人が突然、会いに来て本宅に連れていかれて、本妻やその子どもたちに嫉妬(しっと)されて面倒でした」

貴族の中でも魔力持ちは貴重なので、今まで冷遇されていた子が魔力を発動したことで急に待遇が変わるなんて話をかつて耳にしたことがあったが、まさかこんな身近に実際に経験した人がいるなんて思っていなかった。

「そんな父親を名乗る人物からたまに手紙が届くんです。期待しているとかなんとか、それ見るとイライラしてしまって、その日も手紙をぐしゃぐしゃにしてしまったんです。それをフレイに話したら、フレイからも家族の話を聞かせてもらって、それがひどいものだったんです」

「えっ、ジンジャーの境遇よりも!?」

私はそこで思わず声をあげてしまった。

ここまで聞いてジンジャーの境遇は決してよいものではなかったのに、そんなジンジャーがひどいと言うなんてどれほど⁉

私の驚きにジンジャーはきょとんとした。

「私の境遇はひどくないですよ。むしろいい暮らしでしたが」

「えっ、だって父親にも会ったことなく、離れに放置だったんだよね？」

「はい。ほとんど誰にも関わることもなく、一人のびのびと自由に暮らせました」

ジンジャーの言葉に私はしばし固まった。

のびのびと自由にって大人ならまだしも子どもの頃の話で、それは自由というか放置であり、よいことではない。そうは思うが、それをそのまま返すのはジンジャーの気持ちを考えると躊躇われ、私は口をぱくぱくさせたまま言葉を出せずにいた。

そんな私の様子を見てジンジャーはクスリと笑った。

「ふふふ、客観的に見たらそんな風に思われないことはわかっていますよ。実際、ほとんど人と関わらなくて人との付き合い方とかよくわからないという弊害もあって、魔法学園に入るまでは完全に孤立してましたから」

ジンジャーはそこで一度、言葉を切ると、

「でも、私、学園に入って人と接するようになって気付いたんです。私って大事にされていたんだなって」

と言った。

「大事にされていた？」

今の話のどこに大事にされた要素があるのだろう。私は頭にはてなを浮かべたが、ジンジャーはしっかり頷いた。

「はい。今になって考えればあの頃の私に男爵が個別に使用人をつけていたはずがないんです。つまり離れの使用人たちは皆、善意で自分の仕事の空いた時間に私の世話をしてくれていたんです。思い返せば男爵が私にわざわざ買え与えるはずのない本やぬいぐるみまであったんですよ。あんまり綺麗ではなかったから使用人が別の子どもが飽きたものを持ってきてくれていたと思うんです。それにおやつに子どもの好きなお菓子が置いてあるときもあったんです。そんな指示出るはずがないんで、あれも使用人が準備してくれたんだと今ならわかります」

ジンジャーは穏やかに微笑んだ。

「私は親には恵まれなかったかもしれないけど、周りには恵まれていたんです。離れに置かれている身分の低い使用人の子ども、完全に放置されてもおかしくない存在だったけど使用人の人たちは皆で私に快適な環境を作ってくれていたんです。美味しい食事に本に玩具、ちゃんと育てようとしてくれていたんです」

ジンジャーの家のことは状況を聞いただけだとひどいとしか思えなかったが、こうしてジンジャーからその内情を聞くとジンジャーの言った通りひどすぎる暮らしではなかったのかもしれない。

「だから私、魔法省に就職できたらその給与であの時、別宅にいた使用人の人たちに恩返しをしたいと思っているんです」

そう語るジンジャーの表情は皆が家族を語るものと同じだった。

ジンジャーにとって、時間を作りジンジャーのために動いてくれていた使用人の人たちこそが家族と言える存在なのだろう。

懐かしそうに目を細めるジンジャーはきっとその家族のことを思い出しているのだろう。そこでジンジャーがはっとした顔をして、

「すみません。すっかり話がそれてしまって、それで聞いてもらいたいのはそこではなく、私のこの話の後のフレイの家のことなんです」

と本題を思い出し顔を引き締めた。

私もはっとして姿勢を正す。そう問題はフレイの家のことだ。

「うん。それでフレイの家はどんな風にひどい感じなの？」

フレイもジンジャーと同じように放置されていたのかしら、もしかしたらご飯ももらえない日があったとか。

「フレイの家ではフレイのことを人として扱ってはくれなかったようです」

「人として扱ってくれない？」

それは思っていた答えとは違うようだった。

「はい。フレイは、自分はランドール侯爵のために動く道具なのだと幼い頃から言い聞かされてきたそうです」

「ランドール侯爵のために動く道具……」

繰り返してみたその言葉はとても人に向けるものとは思えず、ましてや幼い子どもが言い聞かされるものなどではない。

「ランドール侯爵の役に立つために、身体を健康に維持し、学び、技術を身に付けることそれがフレイの生まれた意味なのだと言われて育ったのだそうです」

「……」

「食事はひたすら健康を維持するためのものが出され、子どもの好きそうなお菓子など食べたこともなかったそうです。おもちゃも絵本も与えられず、ただ侯爵の役に立つことを学ばされ続け、失敗すると侯爵に暴力を振るわれ、食事を抜かれたりしたそうです」

「……」

私は言葉を失ったまま、目の前で怒りをこらえるように語るジンジャーを見つめていた。

前世も今世も家族に愛され育った私では想像もできなかったフレイの過去。

脳裏にあの日、初めて出会ったフレイが再び浮かんできた。

暗い表情、あの何もかも諦めたような瞳。

フレイがあんな目をしていた理由がなんとなくわかった。フレイはすべてを諦めなくては生きてこられなかったのかもしれない。何かしたいと思ってもそれは許されず、もう生き方は勝手に決められていた。

私は忘れていた記憶を思い出した。

『あの、私、ある人に諦めないで前を向いてと言われたんです。でも、そこからどうすればいいかわからなくてどうすればいいのでしょう？』

暗い表情をしていた女の子が必死な顔をしてそう聞いてきた。なんでそんなに必死な顔をしているんだろうと思いながらも私はなんとなくその場で思いついたことを言った。

『進めばいいんじゃないかな。諦めないで前を向いたなら後は、前に進めばいいと思うよ』

『……まえにすすむ』

不思議そうな顔をする女の子に、

『うん。足をこう出して進むのよ』

そんな風に言って前にぐんと踏み出してみせた。

私のその仕草を見て固まっている女の子。

あれ、こういうことじゃなかったのかなと焦りだした私に女の子は、

『ありがとうございます』

となぜかお礼を言った。そして
『私、学園に入るまでには少しでも進もうと思います』

そう言った女の子の瞳には先ほどにはなかった光が宿っているように見えた。

『頑張ってね』

と言った私に元気な返事をした女の子はしっかり前を見て歩き出した。その後ろ姿は先ほど

より少しだけ頼もしく見えた。

きっとあの時からフレイは諦めるのをやめたのかもしれない。

家を離れて学園へきて、本当に頑張ったのだろう。

幼い頃から言葉と力の暴力を振るわれ続け、自分の意思は殺して諦めて生きるしかなかったフレイが今のようになるまでにどれだけ頑張ったことだろう。

想像するだけで胸が熱くなった。少しだけ目に涙も浮かんできてしまった。

そんな私に、ジンジャーが心配そうに、声をかけてくれる。

「カタリナ様？」

「大丈夫。ごめんね。フレイ、本当に頑張ったんだなと思ったら胸が熱くなってしまって」

私がそう言うと、ジンジャーも何かを噛（か）みしめるように顔を歪（ゆが）めた。

「……はい。フレイはすごいんです」

フレイ・ランドールは美人で勉強も運動もできて身分も高くてコミュニケーション能力もある恵まれた令嬢。そんな風に思っていた。きっと他の皆もそんな風に思っているだろう。

でも違ったのだ。

フレイ・ランドールはひどい環境の中で、感情を殺され生き方を固定されながらも、もがいてあがいて必死に前を向いていた。頑張っているすごい人だったのだ。

そしておそらく今、また望まない状況に追い込まれているのだろう。

「ジンジャー、フレイは今、ジオルド様の婚約者候補として名乗りをあげているらしいの」

私がそう言うとジンジャーが大きく目を見開いた。まだ公にされていることではないみたいだし、やはりジンジャーは知らなかったようだ。

「そんな!? フレイは魔法省に勤務するのを目標としていたのに、婚姻なんてしたくないって何度も言ってたんです！　しかも憧れのカタリナ様の婚約者を奪うような真似（まね）、フレイがするはずがないです！」

ジンジャーはまるで叫ぶようにそんな風に言った。

私もその通りだと思った。だってこの間、フレイ自身が『魔法省に勤めるのが夢なのだ』と目をキラキラして語ってくれたばかりだ。

「私もその話を聞いておかしいと思ってたの。魔法省に勤めたいと聞いたばかりだったし、でも……今、ジンジャーからフレイの家での状況を聞かせてもらってほぼ確信したわ。フレイが今、ジオルド様の婚約者候補を名乗っているのは彼女の意思じゃない。きっとランドール侯爵に強制的に名乗らされているんだわ」

「それでそのまま実家に留められているんでしょうか？」

「おそらくそうだと思うわ」

「……フレイは大丈夫なんでしょうか？」

ジンジャーの顔が不安げに歪む。

「王子の婚約者として表に出すつもりならば傷つけたりはしないはずだわ」

　そう信じたい。

「ジンジャー、フレイの個人的な事情は深く話さないけど、ピンチだというのは伝えてもいい？　これだけの件、私だけではどうにもならないから皆にも力を借りなくてはいけないわ」

　私の問いにジンジャーは深く頷いた。そして、

「私は大した身分も魔力もありませんが……何かフレイのためにできることがあったらさせてください」

　真剣な目をしてそう言ってきた。その思いを汲み取り、私も深く頷いた。

「わかったわ」


　そして私たちは部屋から出て行ったサイラス、マリア、ソラを呼び戻し、今回のことはフレイの意思ではなくランドール侯爵が勝手に行っている可能性が高いこと、そのためにフレイは自宅に留められているのだろうことを話した。

「そうか。それでこれからどうするつもりなんだ？」

　話を聞き終えたサイラスがそんな風に聞いてきた。

「まずはフレイの無事を確認したいのですが、今、私自身が動くのはまずいと思うので友人に相談しようと思います」

私がそう言うと、サイラスは、

「うむ。君も少しは考えられるようになったのだな。安心したよ」

どこかほっとしたようにそう言った。

やはり私は皆からかなり無鉄砲な考えなしだと思われていたのだなと反省した。

「それで連絡が取れて話ができるようならすぐにでも行きたいので、これから副部署長に早退の許可を得に行こうと思うのですが、大丈夫でしょうか？」

私は魔法道具研究室の所属なので本来なら直属の上司であるラーナかラファエルの許可をとる必要がある。今回のことは完全に私用となってしまうので少し心配だ。

「カタリナ嬢の今日の業務はもう契約の書の解読だけなので問題ないだろう。事情も事情なのでなんなら私の方でウォルトくんには伝えておくから、君は連絡が取れ次第、友人のところへ向かうといい」

サイラスがそのように言ってくれたので、私はその言葉に甘えることにした。

そしてさっそく至急の連絡を友人たちに送った。

連絡が取れるまではと契約の書の解読を気持ちそぞろに取り組んでいた私の元に、一番に返事をくれたのはメアリだった――というか『ちょうど、屋敷におり、この後の用事もなかった』とのことでなんと本人が直接、魔法省へとやってきてくれた。

「カタリナ様からの頼みごととあれば、何よりも優先すべきことなので」

と誇らしげに言ってくれたメアリ……本当に何も用事なかったんだよね？　大丈夫だよね？

「それでカタリナ様からのご相談の件ですが、ここではなんですので部屋を借りましたわ」

　さすが社交界の華、できる女の代表であるメアリ・ハント。魔法省に来るとともに部屋まで確保するとは仕事ができる。

　早速、私と護衛のソラ、ジンジャーと私と同じくフレイが心配なマリアが仕事を抜けて、メアリが確保してくれたという部屋へと共に向かった。

　魔法省の職員等であれば借りられる会議室風の部屋へと着き、皆が腰をかけたところでメアリが口を開いた。

「それでカタリナ様が気になっているというフレイについてですが――」

　私は手紙で『フレイについて知っていることがあったら教えて欲しい』とだけ書いた。もしそこから何かわかればまた相談させてもらおうと考えていたのだ。

「現在、ジオルド様の婚約者候補を名乗っていますね」

「メアリもそのこと知っていたんだね。いつから知っていたの？」

「数日前のお茶会で耳にしました。ただあのフレイがそんなことをするとは思えなかったので、詳しい情報を集めていたところでした。そこでカタリナ様から連絡をいただいたので、カタリナ様の耳にもこの情報が入ったのだろうなと思ってとんでまいりました」

「そうだったのね。ありがとう、メアリ。それでフレイの詳しい情報ってもう集まったの？」

「そうですね。とりあえずフレイ・ランドールがジオルド様の婚約者候補を名乗っているとのことでしたが、実際、本人が言っているというわけではありませんでした。ランドール侯爵が公言して回っているようです」

「……やっぱり」

ランドール侯爵が無理やりフレイに婚約者候補を強要しているのではないかという疑惑はさらに高まった。

「あの、ランドール侯爵はなぜそんなことを公言しているのでしょうか？　ジオルド様の婚約者はカタリナ様というのは社交界で知らない人などいないことですが」

ジンジャーが少しおずおずした感じでそんな疑問を口にした。

それにメアリは、

「そうですわよね。私もその辺が疑問でしたの。今更そんなことを言い出して、クラエス公爵家に対しても失礼な話ですからね」

そうだよね。この政略結婚が当たり前な貴族社会（今は恋愛結婚も増えてきているらしいけど）。婚約・婚姻は家同士の結びつきの意味が大きい。そこにいちゃもんをつけようなんて相手の家に喧嘩を売っていると取られかねない。

ランドール侯爵はかなり力を持っているらしいけど、クラエス家の方が爵位は上だし、お父様だって外ではかなりできる男らしいから簡単には負けないと思うのだけど。

「なので、ランドール侯爵はまずカタリナ様に婚姻する意思がないようだという話から流し始めたようですわ」

「へっ、私に意思がない!?」

「はい。婚姻を避けるために魔法省に入省されたのだと」

うっ、確かに最初はその通りで、ジオルドと婚姻して王族になる自信も覚悟もなくて、そこから逃げたくて魔法省に入省したので事実と言えば事実である。

「……それは」

「そしてカタリナ様は魔法省で仕事の楽しさに目覚め、王子の妃でなく魔法省で仕事をして生きたいと望むようになられたそうだ。たいそう優秀で魔法省の方も彼女を離したくないようだと」

うっ、確かに仕事に楽しさを見出してきているけど、何、ランドール侯爵は私の心が読めるのか、会ったこともない人だけど。しかし、優秀でのくだりは完全に作り話だ。

でも私のことを貶しているわけでもないからお父様もこれは怒れないかもな。むしろ褒められてるし事実も多い。

「カタリナ様にそういうご意思があるならば、新たに我が娘を婚約者にしてはどうだと進めていると、そこから婚約者候補という風に話を持っていったようです」

なんというか事実もそれなりに入っているから、そう言われればその通りだと思う人も出てくるかもしれない。

実際、今すぐジオルドと婚姻するかと言われればまだすぐに返事はできない。

ようやくジオルドがくれた気持ちに向き合おうと決めたところなのに……以前、お父様に言われた『思いを自覚する前に失ってしまう』という言葉が現実味を帯びてくる。

「まぁ、とりあえずジオルド様とカタリナ様の婚約解消についての噂はどうでもいいとしましても、フレイが無理やり婚約者候補に仕立て上げられていることを無視はできませんわね」

えっ、ジオルドと私の婚約解消の噂は特に問題にすべきことではないの!?

色々と考えていたのにメアリがあまりにあっさり流したので、私もとりあえずメアリに習って流すことにした。いいのかな？

「それで今、フレイは学園にいるのかしら？」

メアリの問いにはジンジャーが答えた。

「いいえ、数日前に実家から連絡がきて戻ってから帰ってきていません」

「そうなの。それは社交界で流れている噂とは違いますわね。フレイがジオルド様の婚約者候補だと自ら出て来ないのは生徒会と学業で忙しいためだとランドール侯爵は言っているらしいですのに」

メアリがそう言うと眉を寄せ、続けた。

「フレイはランドール侯爵の計画に同意せず屋敷に閉じ込められているのかもしれませんわね」

その言葉に私はびくりと肩を揺らした。

ランドール侯爵のこと、これまでのフレイの生い立ちを聞いた時にそんな風な可能性もあると頭をよぎったが、こうして別の人に口にされると現実味が帯びてくる。

「……フレイが閉じ込められている……今すぐ助けに行った方がいいのではないかしら」

私は椅子から立ち上がってそう口にしたが、メアリは首を横に振った。

「カタリナ様、今すぐランドール家に乗り込んでも体よく追い返されてしまうだけで、フレイに会うこともかないませんわ」

「でも、フレイの身が危ないかもしれないのに……どうすれば」

今、また理不尽な暴力を受けて、もしかしたらそのまま……そんな考えまで浮かんできてじっとしていられない。

「カタリナ様、落ち着いてください。ランドール侯爵はフレイをジオルド様の婚約者にしようとしているのですよ。そのような娘に危害を加えるはずはありません。学園も休んでいるだけで戻らなくてはいけませんから滅多なことはしないはずです」

メアリにそう諭され、

「……そ、そうね」

私は息を吐いて椅子に腰かけなおした。

すぐ突っ走ってしまう癖を直さなくてはと思った矢先にこれではいけないな。

私がそんな風に反省する横でメアリが、

「ですが、フレイが、あの人形姫がまさか侯爵に反抗する時がくるなんてすごいことですね」

少し明るい声でそんな風に言った。

「人形姫？」

聞きなれない単語に聞き返すとメアリが教えてくれた。

「学園に入る前のフレイ・ランドールの陰のあだ名ですわ。いつも瞳の中は虚ろで、笑顔も作り物めいているからと誰かが呼び始めたみたいですわ」

「そ、そんなあだ名があったのね」

今のフレイでは考えられないが、初めて会った時のフレイを思い出せば確かにそんな風に見えたかもしれない。

「フレイだけでなくて、ランドール家の方々は正妻のお子であるスザンナ様を除けばほとんどの方がそのような感じなのです。ランドール侯爵がそれは厳しく接しているようで」

メアリの最後の方の言葉にはどこか怒りが感じられた。

おそらくメアリは、ランドール侯爵が家族に対してひどい扱いをしているだろうことを気付いているのだろう。それでも強い権力を持つランドール侯爵に対して何も言うことはできないのだろう。

「その、ランドール侯爵という人はどんな人なの？」

貴族社会ではどんな立場の人物なのか、メアリに尋ねてみると、

「そうですね。とにかく権力欲が強いという感じです。人を自分にとって使えるか使えないかで判断しているように見えます。私は軽い挨拶程度しか接したことがないのですけど、その短時間でもなんだか値踏みされているようでいい気はしませんでした。ただ実際に社交界で力を持っている人物なので周りも迂闊に手は出せないといった風でしょうか」

メアリから見ても厄介な人物であるようだ。

そんな人物の元からどうやったらフレイを助けだせるのだろうか、そう考え始めた時だった。

扉をノックする音がして、聞きなれた声がした。

「入室してもよろしいでしょうか？」

「……来るのが早すぎですわ……どうぞ」

この部屋を借りてくれたメアリが前半は小さな声で何か呟きその後、入室の許可をした。

「義姉さん、やっぱりここにいたんだね」

「カタリナ様」

そう言って入ってきたのは義弟のキースと友人のソフィアだった。

私を訪ねてきて他の職員に居場所を聞いて、ここまで来てくれたという。

「キース、お仕事はどうしたの？」

キースは今日仕事があったはずだ。連絡はしたけど帰宅した後に話を聞いてもらえばいいかと思っていたのがまさか魔法省まで来てくれるとは思わなかった。

「今日は屋敷で仕事をしていたから融通が利いたんだ」

「そうなの。でも帰ってからでも大丈夫だったのだけど」

他の皆はそうはいかないけどキースとは同じ家で暮らしているのだから。

「いや、手紙を受け取ってまた義姉さんが何か暴走するんじゃないかと気になって仕事に集中できそうもないから、先に話を聞いておこうと思って」

さすがもう十年以上私をフォローし続けてくれている義弟、私の行動をよくわかっている。

ただ今回は色々と考え、メアリのフォローを受けつつ思いとどまれているが、これが一人だったならば、もしかしたらランドール家に乗り込んでいたかもしれないからな。

「その、今回は大丈夫だから、ランドール侯爵のことはキースたちからも言われているし、護衛のソラに迷惑をかけるわけにもいかないから」

私がそう言うと、キースはほっとしたように「よかった」と言い、その後少し目を細めて、

「義姉さんも成長したんだね」

とまるで幼い我が子を見る母親のような表情で言った。

こういう表情と発言のせいで、ついキースを『お母さん』と呼びたくなってしまうのよね。

まぁ、それだけ私が迷惑をかけてしまっているということだけど、すまないお母さ、じゃなくてキース。

「私も屋敷にいて連絡を受け取ったのです。お兄様はお仕事中ですぐには連絡をとれなくて、でも私もなんだかいてもたってもいられなくて来てしまいました」

ソフィアは心配そうな顔でそう言った。

そんなつもりはなかったのだけど、なんだか皆にそうとう心配をかけてしまったみたいで、私は普段の行いを再び反省した。

その後、キースとソフィアからもフレイのことランドール侯爵のことを聞いてみたけど聞いたことがない新たな話はなかった。

むしろ情報としてならメアリが一番詳しいくらいだった。

キースもランドール侯爵のことは私に話した以上のことは詳しく知らないらしい。ただフレイのことは知っていたけど私にはあえて話していなかったことはわかった。

「どうしてすぐに教えてくれなかったのよ」

と言った私にキースは息を吐いて言った。

「まだ不確かな情報を聞いて義姉さんが暴走するとまずいからよくわかるまでは話さないことにしていたんだよ」

まさに先ほど、というか聞いた時に少しやらかしそうにはなったので私は黙って俯いた。

そんな私の様子にメアリが、

「ですが何も話していなかったからこそ急に話を聞いてカタリナ様はひどく動揺されたわけですから、あらかじめ少し説明しておく方がよかったと思いますわ」

そんな風に言ってくれた。するとキースも考えて、

「それもそうだね。ごめんね義姉さん。次はちゃんと話すから」

そう言ってくれた。

「私も思い立ってすぐ危険な行動をしないように気を付けるわ」

私はそう約束した。

「しかし、ランドール侯爵はどうするつもりなんだろう。新たに自分中心にジオルド様の派閥づくりでもするつもりなのかな？　今、現在、ジェフリー様の派閥の筆頭なのにそんなこと可能なのかな？」

キースがそう言って首を捻ると、メアリが口を開く。

「ジェフリー様から乗り換えるつもりがないとは言えませんが、とりあえずは保険として手元に置きたいくらいなのではないですか？　ジェフリー様より扱いやすいと思っているのかもしれませんね」

「あのジオルド様を保険で手元にか、あの人がそんな簡単に制御されるとは思えないけど」

「ランドール侯爵ら他派閥の人たちはジオルド様の人となりをほとんどご存じないでしょう。ジオルド様も面倒なのであの辺りの人たちには猫を被ってらっしゃったのでは？」

「ああ、そうなのかもね」

メアリとキースのジオルドに対する扱いというか認識がすごい。確かにゲームでは腹黒設定だけど。まぁ、私もあのジオルドが大人しく誰かに従うなんて思えないけど。

「しかし、ランドール侯爵がフレイを家に囲っているのなら、ジオルド様本人にも近づいて何かしている可能性が高いですね。そう考えれば今回の件は私たちよりジオルド様の方が詳しいと思いますよ。カタリナ様、手紙はジオルド様にも送りましたか？」

「あ、うん。皆と同じように送ったよ」

メアリに問われ、そう答えた時だった。再び部屋がノックされた。

「あら、噂をすればというところでしょうか？　どうぞ」

メアリがそう言って入室許可を出すと、入って来たのは、

「えっ、アラン様」

ジオルドの双子の弟でメアリの婚約者であるアランだった。アランが来たということはジオルドもいるだろうと周りを見るがその姿はない。

「あれ、お一人ですか？」

アランがこんな風に一人でくるなんて非常に珍しい。

「ああ」

アランは少し眉を寄せ、そう返した。なんだろうなんとも言えない違和感を覚える。

「ジオルド様がどうかされたんですか？」

メアリが真面目な顔になりそう問うと、

「ジオルドは今、あまり動き回れない状態でな」

という意外な答えが返ってきた、

「ジオルド様が動き回れない状態？　どこか悪いんですか大丈夫ですか？」

ジオルドはああ見えて意外と無理して頑張ってしまうたちなのだ。よくそれで疲れた顔をしているけど、そのせいで体調を崩してしまったのだろうか、心配だ。

しかしそんな私の言葉にアランは首を横に振った。

「本人は問題なく至って元気だ。ただ周りに面倒な奴らに張り付かれているだけだ」

「面倒な奴ら？」

首をかしげる私の横でメアリが大きく瞬（まばた）きをし、

「もしかしてランドール侯爵の関係者にですか？」

と声をあげた。

「ああ、やはりお前たちも知っていたのか、カタリナからのあの手紙でそうじゃないかとは思っていたが」

「いえ、知っているというほどではないんです。社交界の噂を集めたくらいに過ぎないので真実は何もわからなくて今、皆で話を合わせたりしていたところです。アラン様、ご存じのことを、ジオルド様の現状を教えていただけますか？」

メアリが真剣な表情でそう言うとアランはしっかりと頷いた。

「ああ、俺もそのことを話そうと思ってここにきたのだからな」

そう言ってアランはここ最近のジオルドの様子を話し始めた。

第四章　ジオルド・スティアートの大変な日々

僕、ジオルド・スティアートはここ最近、気分が悪い日々を送っている。

先日、カタリナと一緒に学園の畑の作物を収穫し、楽しそうにはしゃぐカタリナの愛らしさにとてもいい気分になったというのに……その後、城に帰ると、面倒な輩にまとわりつかれることとなり、気分は急降下し続けている。

「ジオルド様、少し休憩されたらどうですか、お茶をお淹れしましょうか？」

ニコニコとした顔でそう声をかけてきた使用人に僕は、

「いえ、まだ大丈夫です。お気遣いありがとうございます」

と作り笑顔を返す。

「そうですか、では休憩される際はお声をおかけください」

と壁際に戻った彼の姿に内心でため息をつく。

彼、いや今僕の周りにつけられている何人かの使用人たちこそ僕の不機嫌の原因である。

この使用人たちは皆、ランドール侯爵の推薦でやってきた彼の息のかかった者たちだ。こんな奴らに常に囲まれていては安心して息もつけない。

ランドール侯爵に付きまとわれるようになったのはここ一月くらいのことだった。いや、元々、昔から何かと声をかけてくる輩ではあった。

権力欲の強いランドール侯爵は王族とあればすり寄ってくる習性があるような人物だったからだ。僕だけでなくアランにもよく声をかけていた。

ランドール侯爵が声をかけない王族は敵対派閥の王子であるイアンくらいで、最低限の挨拶をするだけだ。

またイアンの方も真面目で正義感が強いため、あの権力欲の塊で人によって明らかに態度を変えるランドール侯爵をよく思っていないようなのでなおさら疎遠だ。

しかし、そんなランドール侯爵が主だって派閥を作り国王にと推している当のジェフリーも、彼にそれほど従う様子は見せていない。

幼い頃にはどうだったか知らないが今では軽くあしらっているようにさえ見える。その婚約者でランドール侯爵の実の娘であるスザンナもそれは同じだ。

ランドール侯爵の亡くなった初めの正妻の娘で魔力も強いスザンナ・ランドールは、成人するとさっさと侯爵家を出て暮らしているという噂もある。

思うように言うことを聞かないジェフリーとスザンナにランドール侯爵が苛立っているというのは噂されていた。ここ近年は特にいつまでも婚姻を結ばない二人に我慢の限界がきているらしいとも。

それで権力を手にするための駒としてターゲットを変えようと僕にすり寄ってきているのは気付いていた。

煩わしいとは感じていたが、ここまでではなかったので軽くかわしていたというのに……なぜか急にカタリナが魔法省に就職しこのまま僕と婚姻を結ぶつもりはないと噂を流し、そして自らの娘を婚約者候補などと吹聴し始めた。おまけに自身の紹介で使用人まで送りつけ、元々の使用人たちを権力をたてにし外側へと追いやっていった。

初めこそ相手の出方を探るため様子見に徹していたが、送られてきた使用人たちに煩わしさを覚え、そろそろ限界だ。奴を排除するために動くかと考え始めた時だった。

真夜中、寝室に突然、ジェフリーが現れたのだ。

「こんばんは。愛しの弟よ……てっ、なんで拳を握ってるのかな?」

「真夜中に自室に不法侵入してきた不審者を退治しなくてはと思いまして」

眠りについていたところを突然の気配で起こされ、僕は拳を握り、作り笑顔を作った。

「いやいや、よく見てくれ弟よ。君の大好きなお兄ちゃんだよ。不審者なんかじゃないから」

「いえ。そもそも僕に大好きなお兄ちゃんなんていませんので」

「なんてひどいことを言うんだ弟よ。お兄ちゃん、泣いちゃうから」

「……もう帰ってもらってもいいですか」

しくしく泣き真似を始めたジェフリーにうんざりしてそう言えば、ジェフリーはすっと顔を上げ、

「ちょっと内密に大事な話をしようと思ってね」

真面目な顔になってそう言った。

こんな深夜にこっそり訪ねてきたんだ。何かあるのだろうと思ったが、

「それなら、さっさとそう言ってください」

僕はジェフリーを部屋にある椅子へと促した。

二人で向かい合って椅子に座ったところで、ジェフリーが口を開いた。

「ここ最近、ジオルドのところにうちの派閥のトップ、ランドール侯爵が手を出しているみたいで、すまないね」

やはりこの時期ならその話だと思っていた。

「そう思うならジェフリー兄さんの方でなんとかしてください。もう煩わしくて限界です」

その辺の事情はなんとなくわかってはいるが、いつも余裕でひょうひょうとした兄に振り回されている身として、わざと嫌味ったらしく言ってみた。

「うん。あの人のすり寄り本当に煩わしいよね。そろそろ限界で排除しようとか思ってたでしょう？」

「……その通りです。いいですよね？　排除しても」

「う～ん。それなんだけどもう少し待ってもらえないかな」

ジェフリーの答えに僕は目を見開いた。

「どうしてですか!?　ランドール侯爵を僕に押し付けるつもりですか？」

「まさか、あんなどうしようもない奴を大事な弟に押し付けるつもりはないさ。ただ少し泳がせて様子をみたいだけだ」

ジェフリーが僕にランドール侯爵を押し付けるつもりでなかったことにほっとしつつ、続いた言葉に首を捻る。

「泳がせて様子を見るとはランドール侯爵はジェフリー兄さんに何かするつもりなんですか？」

僕の問いにジェフリーは首を振った。

「いや、そうじゃない。仮にそうだとしてもあんな奴にどうにかされるつもりはない」

「なら、どうしてですか？」

僕の問いにジェフリーは少し間をあけ口を開いた。

「ジオルドは現国王の王位継承の際に王族内で起きた出来事は把握しているな」

子を多く残した前王が次期国王を指名しないうちに亡くなったため、王位継承をめぐり王宮内はひどく荒れた。死人も出て、禁忌だった闇の魔力も世に出されてしまった。近年のソルシエ王族の最大の汚点ともいえる出来事である。

「はい」

「その際に問題を起こした王族、それを後押しした関係者たちは皆、国外へと追放された。関係者の中にはランドール侯爵の名もあった。どうやら関係者に支援の手を貸していたようだが明確な証拠がなく、事も他の件に比べると重大にならなかったのでその時は放っておかれた。他に対処しなくてはならない者たちが多すぎたのもあり後回しになった」

「……そうだったんですね」

それは知らなかった。

「そうしてソルシエ王族内で罪を犯した厄介な者たちはほとんどいなくなり、ようやくランドール侯爵の捜査にかかったが、時間も経ちすぎたため明確な証拠は見つからず、そのまま監視を続けている状態だ」

ジェフリーは淡々と語ったが、

「そこまでの人物とは思っていませんでした。しかし、そんなこれから裁かれる人物が派閥の筆頭でジェフリー兄さんに危険はないんですか」

「そこは上手くやっているさ。ちゃんと俺のことは自分の駒のひとつだと思い込ませてあるし、その後のことも俺に火の粉がかからないようにしてある」

「そうですか、ならよかったです。というか今更ですけど、そんな犯罪者を派閥の筆頭にしてジェフリー兄さんはやはり国王になる気なんてないんですね」

薄々思っていたことを口にするとジェフリーはいたずらがバレた子どものような顔をして肩をすくめた。

「ああ、ジオルドは気付いていたか」

「そりゃあ、未だに婚姻せず、その上、派閥にいるのもなんというか清廉潔白と言えない人物が多いとなれば不信に思いますよ。ジェフリー兄さんが無能な人ならばともかくそうではないので」

僕がそう言うとジェフリーの顔がぱぁと明るくなった。

「そうかそうか、ジオルドは俺を優秀だと思ってくれているのか嬉しいな」

「……優秀だとは言っていません。それより話を進めてください」

実際はとても優秀だと思ってはいるがそれを口に出して、この兄をさらに調子づかせたくない。あとは単純に照れ臭い。

「ああ、俺は王位なんてどうでもいいんだ。俺が望むのは大切な人たちが辛い思いをせず幸せに暮らしていけることだけだからね」

口調はふざけているがその顔は真剣で、確かにこの言葉がジェフリーの本心であると思えた。

「だから変な輩が大事な君たちのところにちょっかいをかけないように集めていたんだ」

それでジェフリーの派閥はあまりよくない輩が多いのか。知らず知らずのうちにこの兄に守られていたのだと思うとなんだかむずかゆい気持ちになる。

そんな僕の気持ちをわかったのかジェフリーはにっと口の端を上げ笑い、そしてまた話しだした。

「それで本題に戻ってランドール侯爵のことなんだけど、奴の背後にはかなりやっかいな奴が控えているんじゃないかという疑惑が出てきてね」

「やっかいな奴ですか？」

「ああ、元々、ランドール侯爵はそれほど頭のいい人物でない。人を精神的に支配し従わせることには長けているかもしれないが、それでも裏で証拠が出ないように上手く立ち回れる人物だとは思えない。それなのに証拠が出てこない。偶然の産物、運が良い男なのかとも思われていたけど、ここ近年、奴の裏にかなりの切れ者がいるのではないかという話も出て来てね。調べてはいたんだ」

「それでやはりそういう人物がいたということですか？」

「まだ確信こそでないけどね。ほぼ間違いないと思う」

ジェフリーは眉(まゆ)を寄せた。

「そいつはおそらくあの闇の魔力を研究していたデューク家にも手を貸し、その結果を得ていた。デューク家の罪が明らかになり裁かれると、今度はまた違うところで研究を始めている。あのサラという女もその手のものだろう」

サラ、デューク家の地下で長いこと闇の魔法の実験をさせられ、その後、デューク家が摘発されると、姿を消した女。その後、おそらく何者かの指示で闇の魔法の事件に関わっている謎(なぞ)の多い人物だ。

「そこまでわかっているんですか？」

ジェフリーの情報収集能力に驚いてしまう。

「いや、これも確定ではない。あくまで色々な情報を集めて俺が推測したに過ぎないだが、それほど間違っていないだろうと思っているけどね」

この優秀な兄がそう言うのならばきっとその通りなのだろうと思えた。

あのサラという女性がカタリナに絡んでくることが多いため僕の方でも独自に調べていたが何も手掛かりは掴(つか)めていなかったのに、やはりジェフリーはすごいと改めて思ってしまう。

「それでここからも推測なのだけど、その人物はおそらくかなり高い身分の持ち主だと思っている。もしかしたらあの王位継承騒動にも関わっていたかもしれない」

「罪を犯した者はランドール侯爵以外は皆、追放されたのでは？」

「さすがに全員というわけではないよ。でも怪しい人物にはランドール侯爵のように見張りをつけている。そうして怪しい名も浮かんでこなかった人物がまだ裏に残っていたのだと俺は思っている」

「しかし、身分が高い人物となると公爵家、侯爵家くらいですか、伯爵家で力があるのはアスカルト家くらいですし、だいぶ限られてくるのでは？」

「それがそうでもないんだよね。王族の可能性も捨てきれないからね」

　返ってきた予想外すぎる答えに僕は目を見開いた。

「王族って、もう前王妃、僕ら家族に、あとは離れから出て来ない叔父上くらいしかいないではないですか？　その中に犯人がいるとでも？」

　僕ら家族を除けばあとは二人だけだ。

「そうだね。表向きの王族はそれだけだけどね」

「えっ！」

　今度こそ僕は驚きに声をあげてしまった。

「どういうことですか？　他の王族は皆、亡くなったかソルシエを追放されたと聞いていますが？」

「今後の王位継承にまたもめ事が起きないように表向きはそういうことにしているってこと、何も罪を犯していない者まで追放なんて人道的でないからね」

ジェフリーはなんでもないことのように言ったが、

「それは僕がここで聞いてもいいものなのですか？」

思わず頭を抱えたくなるような気持ちでそう問えば、

「ああ、陛下にも許可を得ているから問題ないよ」

とあっさり言われ、今度は我慢できず片手で頭をおさえてしまう。

「……それで表向きではない状況はどういう感じなんでしょうか？」

「追放にならなかった王族たちは、王族とは二度と名乗らないと契約を交わして、名前も顔も変えて別人になって暮らしている。定期的に報告なんかはあげてもらっているけど基本的に好きなように生活してもらっている」

「つまりそんな彼らがランドール侯爵の後ろについて動いているかもしれないということですか？」

「一応の可能性としてね」

「その人たちにランドール侯爵のような見張りはつけないんですか？」

「そこそこの数がいるからな。そこまで手が回らないな。今回の件が明らかになって調べてみたがそれで怪しい者はあがらなかった。元々、罪を犯していない者を精査して残したのだし、ほとんど怪しいとはいえない者たちだ。信じたいという気持ちもある。しかし、王位継承争いで理不尽に傷つけられた彼らが心の中で何を思っているかまではわからないからな」

「それで結局、今の時点で誰かいるようだが正体はわからないということなんですね？」

僕が片手で頭を抱えながらそう問えば、ジェフリーは『その通りだ』と頷いた。

「だから派手に動き出したランドール侯爵をわざと泳がせて裏で操っている奴に繋がる情報を引き出したいということなんですね？」

僕がこれまでの話をまとめてそう言うと、ジェフリーはなぜか目を輝かせて、

「さすが俺の弟、理解が早い。天才だな」

と拍手までした。こんなところで兄馬鹿を出さなくていいとややげんなりした。なんとなく遠い目になってしまう。

「事情はわかりました。国の今後のためにも協力しないわけにはいきませんね。ただいつ頃までなのかは教えてください。今みたいにランドール侯爵の手下たちにまとわりつかれていたらカタリナのところにも行けないではないですか」

僕がそう口にするとジェフリーの顔つきが少し変わり真剣な表情になった。

「その、カタリナ嬢のことなんだけど、ランドール侯爵を裏で操っている人物はサラを使っている人物と同一人物だと思っていると話したね。つまり――」

「カタリナの闇の魔法のことを知っている！」

僕は思わず座っている椅子から身を乗り出してしまった。

なぜ聞いた時にすぐに気付かなかったのか、ジェフリーの話す情報に圧倒されてしまってい

たためかもしれない。

「そうだ。だが、今のところランドール侯爵にカタリナ嬢をどうにかしようという様子は見られないので、そのことは伝えられていないだろう。あのランドール侯爵がカタリナ嬢のことを知れば排除しようとするだろうからな」

『カタリナを排除する』その言葉に背筋に冷たいものが走る。

「……そんなこと絶対にさせない」

拳を握ってそう呟いた僕に、ジェフリーが強い眼差しで告げた。

「大切なものを守りたい気持ちはわかるが感情的になりすぎるとへまをする。リスクが高い時ほど冷静になったほうがいい」

その言葉にはっとした。以前、近隣諸国の交流会で怒りに我を忘れ暴走してしまったことを思い出す。

そうだあの時、反省したはずなのに、カタリナのこととなるとつい頭に血が上ってしまい判断能力が落ちてしまう。落ち着かなければ、こんなことではカタリナをちゃんと守ることができない。息をゆっくり吐き気持ちを落ち着ける。

「うん。それでいい。頭に血が上るのはしかたないが、冷静になれるようにしておく必要があるな。ジオルドは気付いているだろうけど闇の使い魔をその身に宿し、その契約の書まで手にしたカタリナ・クラエスは、光の魔力保持者のマリア・キャンベルと共に、いやもしかしたらそれ以上に希少ですごい存在になってしまった」

その通りだった。あのサラとかいう女性が作ったというおかしな犬のせいで、その後にマリア・キャンベルとともに手にしてしまった契約の書とかいう本のせいで、カタリナは本当に希少で特別な存在になってしまったのだ。

本人だけはまったくそんなことに気が付くことはなくそれまでと変わることなく過ごしているが。

「ただマリアと違いカタリナの力は不確定で両刃の剣のようなところがある。彼女が自分で判断して使う分には心配ないが、誰かに従わされ、あるいは騙され使えばそれは恐ろしい兵器にすらなる」

ジェフリーのその言葉は僕も考えていたことだ。カタリナのあの使い魔の能力が新たにわかるたびにその凄まじさにひやりとしたものを感じた。

「カタリナ嬢がジオルドにとって最も大切な人なのはわかっているし、俺も彼女を気に入っている。だから幸せに生きて欲しい。だがもし悪意あるものの手に落ち闇の魔力に呑まれ彼女が彼女でなくなった時は、そのままにしておくことはできない」

ジェフリーの真剣な声で告げられた言葉に僕はすぐ返した。

「そんなことは絶対にさせない。カタリナは僕が守ってみせます」

「……そうだな。そのためにも冷静さを失わず、まずは今はランドール侯爵の裏にいる人物に繋がる何かをみつけるために協力してくれ。それはカタリナ嬢を守ることにも繋がるだろうから」

「ランドール侯爵の裏にいる人物はカタリナを狙っているんですか？」

「わからない。ただカタリナ嬢のことを知っていて接触しつつ、大きく事を起こさないのは何か考えがあるのだと思う。いずれにせよ。見逃してくれるとは思えないな」

「なら、そいつも僕がまとめて排除するだけです。僕の大切なものに指一本ふれさせやしません」

そう告げた僕にジェフリーは穏やかな目を向け、そしてその後の連絡方法などを伝え帰っていった。

そしてカタリナを守るため、ランドール侯爵の取り巻きたちを周りに置いたままの生活が始まったのだ。


そして今日も今日とて周りを固めるのはランドール侯爵の手の者ばかり、自らこの状態の中でランドール侯爵を探ると決めたものの、いいかげんにうっとうしくはなってくる。

しかもあちらが僕に近づいてきているのも、探るためのようなので探られたくないところへ色々と気を配らなくてはならないので余計に気疲れする。

もう何回目かもわからない内心でため息をついたところで、元々の僕の使用人が部屋に入ってきた。彼らはランドール侯爵によって部屋の外へと排除された――という振りをしてもらい裏ではランドール側の使用人を探り、気付かれないように僕の身辺警護もしてもらっている。

そのためこうしてランドールの手の者に囲まれても本当に危険なことはない。

そして彼らにはランドール侯爵の手の者に見られたくないものの運搬なども頼んでいる。

「市勢からの意見書です」

元々の使用人はそう言って封筒に入った紙を差し出してきた。

「ああ、ありがとうございます。民の意見をしっかり読みたいから少し外してもらえますか」

僕が笑顔を作ってそう言えば、やや不服そうな顔をしたものの皆、とりあえず部屋を出て行った。

今度こそ大きく息を吐いた。

「まったく疲れる」

一人呟いて渡された封筒を開け中に入っている紙を広げる。

そこには見慣れた字で『フレイ・ランドールについての情報で知っていることがあれば教えてください』と書かれていた。

元々の使用人にはいくつかの暗号を伝えてあった。『市勢の意見書』は『カタリナ関係』だ。

この手紙の内容からして、ついにカタリナも今回の騒動について何か気付いたようだ。そして僕に協力を頼んできた。

本来ならすぐにでも駆けつけて力になりたいのだが今は動けない。今後のため、カタリナを守るためにも今、僕がすべきことは理解している。

手紙をそっと手に包み込む。こういう心が疲れている時こそ愛しい人の顔が見たい、声が聞きたいと切に願うが、今は駄目だ。

僕は少しだけ事情を知っているアランに託す手紙に僕の知りうるフレイ・ランドールについての情報を書いた。

皆にバレていないと信じ、カタリナを陰ながら慕っているアランはきっと彼女の元へ行くだろうから。

自分がこんなにカタリナに会いたいのに会うことができないというのに、弟は会えるなんてと胸によぎった嫉妬(しっと)心には非常事態なのだから仕方ないと蓋(ふた)をして、信頼できる元々の使用人にアランの元へ手紙を運んでもらう。

カタリナ、どうか危険なことはしないでくださいねと思いながら。

★★★★★★★

アランはジオルドの置かれている状況を話してくれた。

ジオルドは今、使用人など周りの者をランドール侯爵の手によって彼の配下の者たちで固められ、以前のように自由に動くことができない状態なのだそうだ。

そのため今日も本当はこちらへ駆けつけたかったけれどできないという手紙を預かってきたという。

「ジオルド様ならそのような輩、蹴散らしてカタリナ様のところにきそうなものですが珍しいですね」

メアリの呟きにアランが、

「今回は色々と面倒な事情があるようだ」

と返した。

実際、今までなら何かピンチがあればいつでもジオルドは助けに来てくれた。だからつい頼ってしまっていた。当たり前みたいに——。

よく考えればいくら婚約者といえど一国の王子様がピンチに飛んできてくれるなんてすごいことなのに。

ジオルドが来られない、その事実は私を少し不安にした。

「まぁ、ジオルド様の一人や二人いなくたって、カタリナ様にはこのメアリ・ハントがおりますから大丈夫ですわ」

私の不安を読み取ったのかメアリがそんな風に言ってくれた。

「ありがとう。メアリ」

そう言うとメアリは力強い笑顔を見せた。

「あ〜、盛り上がっているところ悪いが本人こそ来られないが、情報は預かってきたから確認してくれないか」

アランがメアリをうかがうような目で見ながらそんな風に言った。

「……そこはさすがですわね。見せてください」

「ああ」

そう言ってアランが見せてくれたジオルドから預かったフレイについての情報にはこんなことが書かれていた。


『フレイ・ランドール。十七歳　魔法学園生徒会所属
ランドール侯爵の愛人の娘の一人。

以前に婚約していた者が何名かいるがランドール侯爵の意向と合わなくなったということで解消となっている。そこに本人が異を唱えたことはなかったとのこと。

その後、何度かお見合いを組まれるが、ランドール侯爵の意向と合う者がおらず婚約にはいたっておらず、現在、婚約者はなし。

魔法学園に入学後もランドール侯爵の意向でお見合いを重ねるが、この頃からフレイ本人がお見合いの場で断りをいれるなどの行動が出てきており、ランドール侯爵の意向とフレイの行動にズレが見られている。

また学園入学前の彼女を知る知人の証言によると学園に入学してから別人のようになったとのこと。学園に入学するまでは感情が読めず暗い感じだったが、入学後はとても明るくなり自らの意見も言うようになったようだと。ただその変化を父であるランドール侯爵は面白く思っていないように見えたとのこと。

学園に入学してからはほとんどランドール侯爵家には戻っていない。長期休暇も申請を出し学園寮に残っていた。

同じ学年で生徒会に属しているジンジャー・タッカーと親しい様子。

数日前、ランドール侯爵家より手紙が届き家に呼び戻され、その後、家の用事が長引いているためと学園を休んでいる。

ランドール侯爵家に戻った後のフレイの姿は外からは一度も確認できず。家から出た様子はない』

なんというか私たちが一生懸命、皆で出し合った情報がすべてここにまとまっていた。

ランドール侯爵に周りを固められているということだから、それで調べたのかもしれないけど、それにしてもすごい。ジオルドのすごさを改めて感じた。

「この情報通りならフレイはやはりランドール家にいるのでしょうか？」

情報を確認したジンジャーがそう口にした。

「ジオルド様（王族）が調べたことですので、間違いはないかと思いますわ」

とメアリ。

「外から一度も確認できないということは庭などにも出ていないということだろうね。これは先ほど義姉（ねえ）さんたちが言っていた閉じ込められているというのも間違いではないかもしれないね」

そうキースが眉を寄せた。

「フレイは屋敷に閉じ込められているのか？」

といまいち話が呑み込めていないアランにその辺を説明すると、

「ああ、あのランドール侯爵ならやりかねないな」

と納得した様子をみせた。どうやらこの中ではアランが一番、ランドール侯爵について知っていそうだ。

「あの、アラン様、ランドール侯爵ってその、どのような方なのですか？」

聞いてみると、

「どのような方って……あ～、なんていうかすごく貴族って感じで選民意識がとにかく高くて、王族には特に媚びを売っているな。ただ敵対関係にある奴は徹底的に敵意を持って接するみたいな感じでイアン兄さんには最低限の挨拶だけだな」

「あっ、そうか、ランドール侯爵はジェフリー様の派閥だから！」

「そうそう、イアン兄さんの派閥に対しては態度が悪いな。ちゃんと接するのは自分と同等というより立場的には上なバーグ公爵くらいだな」

「バーグ公爵とはセリーナ様のお父様？」

前に少し関わりがあり、その後も仲良くしてもらっているイアンの婚約者セリーナはバーグ公爵家の令嬢だ。

「ああ、さすがにそこは横柄にはできないみたいだな。イアン兄さんと同じように最低限の挨拶はしている」

「そうなの……」

　選民意識が高くて自分より身分の低い者にひどい態度をとる。なんというかそれって――。

「……悪役みたい」

　そう呟くとアランがおおっという顔をして、

「確かにそんな感じだな。上手いたとえだ」

　と返してきた。

　う～、フレイの父親は悪役。なんかますます嫌な予感がする。すぐに何かすることはないだろうとメアリは言ったけど、やはり心配だ。

「その悪役ランドール侯爵ですが、たくさんの側室や愛人を抱えていると噂を耳にしたことがあります。そうなるとお子さんもたくさんいらっしゃるのでは？　何も拒絶しているフレイを無理やり婚約者にしなくてもいいのではと思ってしまうのですが、どうなんでしょう？」

　メアリがアランに向かってそう聞いた。

　その情報は初耳で、びっくりしたけどキースやアランは知っていたようで驚いた様子は見せなかった。

「僕もそれは思っていました。側室、そして愛人は両手でも足りないほどいるという噂を聞いたことがあったので」

　キースの発言に私の中のランドール侯爵の悪役ゲージはまたぐっと上がった。いや、ランドール侯爵ってもう悪の中の悪じゃないか。世間的に駄目なことをほぼ網羅しているじゃないか。

「ああ、噂通りに確かに側室も多いし、愛人の数もすごい。なんでも子どももかなりいるが……」

アランはそこで言葉を濁して頭を掻いた。

「これはあまり知られていないというか、ランドール侯爵が徹底的に表に出ないようにしているようなんだが、ランドール侯爵はあそこまでの高位貴族では珍しく魔力がまったくないんだ。だから魔法学園にも行っていない」

「ほぉ……ってなんでそれを表に出ないようにしているんですか？」

私も公爵家令嬢だけど魔力は土ボコがやっとのしょぼ魔力であるが、別に隠していない。なのでジオルドのことを狙う令嬢たちにはほとんど魔力がないと陰口を叩かれるけど、それくらいのことで特に害などない。

「……義姉さん」

キースがなんともいえない顔でこちらを見た。その哀れんでいるような瞳の意味がわからないよ弟よ。

「……あ～と、貴族で魔力を持っているのはなんというか貴族の貴族たる所以みたいに思っている奴もある程度いる。魔力が高ければ威張っていられるっていうか……まったくそんなことはないんだがな。そんな考えの連中がいる中で、高位貴族になるほど魔力持ちが多いのも事実だ。特に家の当主になるような者はほぼ魔力を持っている。よって魔力がないまま主になっている高位貴族は偏った考えの奴らに色々と言われる」

「魔力も大したことないのに王族の隣に並ぶな的なやつとかですか、でもそんなことそれほど気になります？」

私は私がよく言われていることを言ってみた。するとアランはぶふっと噴き出して、声を出して笑った。

「そうだな。お前にとっては大したことじゃないな」

「ええ。攻撃されるわけでもないですし、なんだったら事実を言われているだけなので特になんとも思いませんけど」

私だって『勉強頑張っても大した点が取れない』とか言われれば多少は悲しくなる（ただよく私を知らない人に言われても気にならない）。だけど『魔力ほとんどないくせには』はもはやただの事実であり、個人でどうしようもないことなのでまったく気にならない。というか気にする必要のないことだと思っている。

「……そうだな。その通りなんだが、さっき言ったような偏った考えの奴にとってはものすごく気になることなんだ。ランドール侯爵はまさにその典型で、魔力を持たないことが物すごい恥と思っている。だからこそ隠し、そして自らの血から強い魔力を持つ者が出ることを切望したらしい」

「それで数えきれないほどの愛人を囲っているのですか？」

そう聞いたのは頭の回転の速いメアリだ。私もその言葉にそうか！　となる。

「ああ、その通りだ。正妻にはとても高い魔力を持つ女性を伯爵家から金と権力にものを言わせて娶ったそうだ。そして生まれたスザンナに高い魔力があった時には喜んで吹聴して歩いたらしい」

「えっ、じゃあ、それでめでたしじゃないんですか？」

自分が魔力がなくて、魔力が高い子どもが欲しくて魔力の高い奥さんをもらって、実際に魔力の高い子が生まれてたらそれで願いが叶ったねという話ではないのかしら。無理やり奥さんにされた人は可哀想だけど。

「いや、むしろそこからランドール侯爵の野望は広がったんだろうな。もっともっと魔力が高い子どもが欲しくなったんだろう。正妻としてスザンナを産んだ奥方はスザンナを産んでから体調を崩し子どもが望めなくなったそうで、今度は次々と魔力のある女性を側室や愛人として金と権力で手に入れていったとのことだ」

なんて欲の深い人なんだランドール侯爵。もう聞けば聞くほどどうしようもない男だ。

「それでランドール侯爵の思うようになったんですか？」

キースがだいぶ顔を歪めながらそう聞いた。

女性に対して紳士的と私に言い聞かされて育った純情なキースはランドール侯爵みたいに女性をものみたいに扱う奴はとくに嫌悪対象なんだろうな。

「残念ながらならなかったようだ。魔力が高く出たのはスザンナとフレイくらいであとはわずかな魔力持ちが少し、あとは魔力なしがほとんどだったようだ。魔力は親から子に必ず伝わるとは限らないが、それでも魔力なしの者の子は魔力なしが多いから、予想できたことではあるがな」

「それではスザンナ様がジェフリー様と婚約されている以上、今、ランドール侯爵が王族に自信を持って嫁がせられるのはフレイくらいということになるのですね」

メアリの問いにアランは「そうなるな」と頷いた。

他の貴族ならまだしも王族に魔力なしの人間が嫁いだことはない。微々たる魔力があれば私の例があるが、それでは駄目なのかと聞くと、

「お前に対抗して出す婚約者がお前と同等の魔力じゃあさすがに格好がつかんだろう」

とアランが答えてくれた。

そうかそういう理由か、ということはランドール侯爵にとってフレイは替えの利かない子どもになるわけだ。しかし、そうなれば、

「じゃあ、逆にフレイさえこちらで保護してしまえば、ランドール侯爵はもうジオルド様にもすり寄れなくて、この件でできることはなくなりますね」

私がそう言うと皆は目をぱちくりした。

「あれ、私、何か変なこと言った？」

私の言葉にキースが首を横に振って答えてくれた。

「ううん。むしろ義姉さんにしては的を射たことを言ったので驚いたんだ」

え～と、それは褒めているのかな？　貶(けな)しているのかな？

「そうだな。カタリナにしては的を射たことを言った。確かにその通りだな。フレイの身柄さえこちらで確保できればランドール侯爵も、この件では動けなくなるな」

アランもそんな風に頷いた。皆の中の私の認識って一体……。

「ですが、そのフレイの身柄を確保することがまず難しいのですよね。ランドール邸で厳重に外に出さないように管理されているとすると簡単に手は出せませんわ」

メアリが眉をひそめて言う。

そうだよね。フレイはいわば囚(とら)われの身だものな。

「でも、こっそり助けだせないかしら、前にキースを助けたみたいに」

私のその発言に、ずっと黙って聞き役に徹していたソラが、

「あの時の屋敷はそこまで厳重な警備ではなかったので、高位貴族の屋敷とはくらべものになりませんよ」

皆の手前と役割から敬語だったけど、私に向ける目には何言ってんだこいつという言葉がうかんでいた。

「その通りだぞ、厳重に警備されている貴族の屋敷に忍び込むなんて無理な話だ」

アランもソラに同調し、メアリも「難しそうですわね」と困った顔をした。キースも「義姉さん、さすがにそれは無理だよ」と首を振る。

マリアも私にはわかりませんという困った顔。

ソフィアだけは『屋敷に秘密裏に潜入』と小声で呟き若干ワクワクした表情をしているが、これは完全に小説の読みすぎによるオタク脳の結果だろう。

まったく賛同が得られないな。確かに厳重に警備されている貴族の屋敷に忍び込んで囚われている人質を連れだすなんて難しいことなのは私でもわかる。

「でも、ここには国でも最高峰のメンツがそろっているじゃない。だいたいのことはできるわよ！　それに私、最強の助っ人に心当たりがあるの。その人に声をかけて許可をもらえたら、皆も協力してくれない」

私が必死にそう言うと、皆もまぁそこまで言うならという雰囲気になってくれた。

「それでその最強の助っ人って誰なんだ？　まさかクラエス公爵だとか言わないよな。確かにあの人は娘のためならなんでもしそうだが、今回ばかりは立場的に無理だと思うぞ」

アランのその言葉に私はこくりと頷いた。

「それはわかってるわ。お父様ではないわ」

「じゃあ、一体――」

「今からちょっと連絡を取ってみるから待ってて」

アランの言葉に被(かぶ)せるようにそう言うと、私はそのまま立ち上がり会議室を後にした。

部屋から出てずんずんと進む私の後ろをソラが慌ててついてきた。

「おい、あんまり突飛な行動をするな。護衛がやりにくい」

ソラが少し後ろを歩きながらそう言ってきた。

そうだったソラは今、私の護衛をしてくれているんだった。

「あっ、ごめん。つい護衛についてもらっているの忘れちゃって」

「そうだろうとは思ったけど……後輩を助けたいのもわかるけど、ちゃんと自分の置かれている状況も忘れるな」

「はい」

ソラが私のことを心配してそう言ってくれているのがわかるから私は素直に頷いた。

「ところでどこに向かってるんだ。それに最強の助っ人って一体」

「うん。向かってたのはここ」

かなり速足できたからすぐ着いた。

「ここって俺たちの部署じゃないか、どういうことだ。部署の人間に頼むつもりか？」

そう向かっていたのは私たちの所属する部署、魔法道具研究室だ。

「うん。そうだよ。きっと協力してくれるだろう人に心当たりがあって」

私がそう言うとソラは、

「まさかウォルトさんにじゃあないだろうな。確かにあの人、かなりのお人好しだから協力を頼めば頷いてくれそうだけど、ただでさえ多い仕事量にこれ以上負担をかけるのは――」

「ラファエルにも確かに頼みたいところだけど、さすがに大変さは理解しているからそれはしないよ」

「じゃあ、誰に――」

「失礼します」

ソラの問いに答える前に私はさっさと部屋に入り、本日の部署の責任者であるラファエルの元へ向かった。

「お忙しいところすみません。ラーナ様に連絡を取りたいのですがどうしたらよいでしょう？」

「ああ、ラーナ様ならもう少ししたら一度、戻る予定ですよ」

「えっ、そうなのですか、では少し待たせてもらってもいいですか？」

「いいですよ。それより大丈夫ですか？」

突然、友人の緊急事態なので休みをくださいと言ってきた私が今度はラーナ様に連絡を取りたいと現れたのだ。何か面倒なことが起こっているのに気付いているのだろう。

ただこちらが言わなければそれ以上突っ込んではこず、心配はしてくれるラファエル。

なんというか本当に人間ができている。ちなみにラファエルに詳しく話さなかったのは巻き込みたくなかったからだ。

フレイは学園の後輩とはいえ、在籍期間がズレていたためラファエルと面識はない。

それにデューク家という高位貴族の横暴で長い間苦しめられてきたラファエルをもうこんな風な貴族のもめ事に関わらせたくないと思ったのだ。

「ありがとうございます。大丈夫です」

私がそう返すと、ラファエルはふわりと微笑み、

「危なくなる前にちゃんと頼ってくださいね」

と言ってくれた。

本当に懐の深い優しい人だ。私は「はい」と頷いた。

自分の机の方へ行ってラーナを待つ間にソラが小声で、

「助っ人ってラーナ様のことか？」

と聞いてきたので、

「そうだよ」

と答えると、ソラが不思議そうな顔をした。

「ラーナ様は部下思いの人だけど、さすがに大物貴族を敵に回してラーナ様にとっては他人になる奴を助けてくれるほどお人好しではないと思うぞ」

「う～ん。それはそうなんだけど……まぁ、少し思うところがあって」

そんな話をしているところで扉が開いて待ち人の姿が現れた。

「戻ったぞ～」

と声をあげて入ってきたラーナはそのままラファエルのところへ行って何か話を始めた。おそらく今日の仕事の報告などだろう。

話が終わるとラファエルが私たちのことを伝えてくれたようでラーナがこちらを振り返って

スタスタとやってきてくれた。

「私に何か話したいことがあるらしいな。なんだ？」

やはりラファエルに聞いたようでそう言ってきたラーナに私は、

「実は学園の後輩、フレイ・ランドールのことでラーナ様に相談したいことがあって」

そう口にするとラーナの顔色が明らかに変わった。

「わかった。話を聞こう。ただここではなく別の場所でだ」

ラーナはそう言うと私たちを部署の近くの空き部屋へと促した。

「それでその後輩がどうしたんだ？」

部屋に着くと早々にラーナが口を開いた。

「はい。実は――」

私は、フレイがジオルドの婚約者候補に名乗り出ていること、しかしそれはおそらく本人の意思ではなく父親に強制されているらしいこと。

またフレイが実家の屋敷に呼び出されたまま帰ってこず、連絡も取れなくなっていること。

このような状況からフレイが屋敷に無理やり閉じ込められているのではないかと考え、今、そんなフレイを助けたいと思っていること。皆で話したことをすべて話した。

ラーナは黙って話を聞いてくれた。そして、

「それで、私にどうして欲しいんだ？」

そう口にした。

私はその目をまっすぐに見つめて言った。

「フレイを屋敷からこっそり連れ出すのに協力して欲しいのです。できれば使えそうな魔法道具とかも貸してもらいたいです」

ラーナは私の目を見つめ返し、しばらく沈黙した後に、

「わかった。協力しよう」

と言った。ソラが驚いた顔をしていた。先ほどの話で言っていた通りまさかラーナがこんなにあっさりと引き受けるとは思っていなかったんだろう。

「あの、ラーナ様、本当にいいのですか？　もしばれてしまうとランドール侯爵を敵に回してしまうかもしれないですが」

ソラが我慢できないといった感じでそう確認したが、ラーナは一言「問題ない」と口にした。

ラーナがそれも踏まえて引き受けてくれるとわかったソラはそれ以上は何も言わなかった。

「今日はこの後まだ仕事があるので長くは話せない。もし今回の件の資料などまとめてあるものがあったら私の元へ送ってくれ、ラファエルに言えば手配してくれる」

「はい。ジオルド様がまとめてくださったものがあるのでそれを送ります」

「うむ。では私もそれを見て、どのような道具が必要か、どうすればいいか検討しまた連絡する」

「ありがとうございます」

思っていたよりずっとラーナが積極的でよかった。

きっと引き受けてはくれるだろうと思っていたけど、正直、ここまで積極的に動いてくれる

とは思わなかった。

「では、私はここで戻る。ああ、すまないが、最後にカタリナ嬢と少しだけ二人で話がしたいのだがいいか？」

ラーナはそう言ってソラを見た。

「ラーナ様と一緒なら問題ないと思いますので外で待ちます」

ソラはそう言って部屋を出て行った。


二人だけになった部屋でラーナは私の目をまっすぐ見つめ真剣な顔で、

「なんで今回の話を私に持ってこようと思った？」

そう問うてきた。

「ラーナ様ならきっとフレイを助けるために動いてくれると思ったからです」

私がそうきっぱり答えると、ラーナはじっと私を見つめ、

「なぜ？」

と口にした。

その瞳は真剣だった。ここまできてごまかすつもりはない。私はきっぱりと答えた。

「ラーナ様は私たち部下をとても大事にしてくれる人です。そんなラーナ様が困っている身内、フレイを見捨てることはしないだろうと思ったからです」

フレイを、フレイ・ランドールのことをラーナの身内とはっきり言い切った時、ラーナの目が見開かれ、その口角が少しあがった。

そしてしばしの沈黙の後、ラーナは、

「いつから気付いていた？」

といたずらっ子のような笑みを浮かべた。

その言葉で私の考えが正しかったことが証明された。

魔法省内で何者であるかわからない謎の人とされているラーナ・スミスの正体が明らかになったのだ。

私はラーナの目をしっかり見つめ、問い掛けに答えた。

「あちらの姿の時に長く接する機会が増えていくうちに、親近感を覚え始めてよく観察するようになりました。それで気付きました」

私の答えにラーナは目をぱちくりし、そして大きく息を吐いた。

「まさか、カタリナ嬢にこんなに早く気付かれるとはな。これでもかなり雰囲気も変えて、なんだったら見た目を惑わす魔法道具も使っているんだが、そんなにわかりやすかったか？」

少ししょぼんとした様子のラーナに、私は首を横に振る。

「いいえ、決してわかりやすくはなかったです。私もあちらの姿に長く接する機会がなければわからなかったと思います。ただ私、親しい人を見分けるのだけは得意なので」

「そういえばラファエルの変装もすぐに気付かれたと言っていたな。意外な特技だな」

ラーナは感心したようにそう言ったけど、これは特技といっていいのかしら。そんな大したものでもない気がする。しかも、

「でも親しくない人だと何度か挨拶してもすぐ忘れちゃうんですけどね。お陰で社交界の人たちにも全然詳しくないんです」

と別に人を覚えるのが得意なわけでもないのだ。

「ははは、それは極端だな。本当に一部にしか役に立たないな」

「その通りです」

これがどんな人にも気付けるとかだったら結構、役に立つんだろうけど、親しい人限定だからな。役立つことはほぼないだろう。

きっぱり答えた私がツボにはまったようでラーナはまた笑い出した。

ラーナは笑いが落ち着いたところで、

「それでせっかく特技を発揮してくれたところ悪いのだが、この事実はまだ周りには公表しないでもらってもいいか？　まだ同一人物だとバレるとまずいところが多くてな」

そんな風に言った。

「はい。そう思ったので誰にも告げていません」

話しても大丈夫なことであればラーナの性格上、もっと大っぴらにしているはずだ。そうでないということは話してはいけないことなのだと思っていた。

「ははは、察しがいいな。ありがたい」

ラーナはまた笑った。

「あの、ラーナ様の別の姿が正解だったということで、確認なのですが、今回、フレイを助け出すという件はランドール侯爵の意向に沿わないというか敵対することになると思うのですが、ラーナ様はそれは大丈夫ですか？」

ラーナの別の姿と侯爵は親子だが仲が良くないと噂されている。しかし、そこはどこまでが真実なのか他者からはわからないことだ。だから敵対するようなことになっても本当に大丈夫なのか聞いておかないといけないと思った。

そんな私の問いにラーナは、

「ああ、構わない。元々、あの男は私にとって最大の敵だ。まだ十分に準備が整っていないが、時がくれば倒さなくてはいけない相手だ。ここで少し牙を剥くくらいなんてことない。むしろあの男がただの道具だと思っているものに牙を剥かれどう対応するか楽しみなくらいだ」

はっきりとそう言った。

噂は本当だったようだ。むしろ仲が悪いなんてそんな生易しい言葉では片づけられない関係性のようだ。

ラーナは父親のことをあの男と呼び、そしてはっきりと『敵』だと言ったのだから。

「……そうですか、ではよろしくお願いします」

ラーナの様子からここは突っ込んで聞くべきことではないと判断し私はそう言って頭を下げた。

ラーナはにっと笑って「任せておけ」と答えてくれた。

そしてラーナは再び仕事へ向かい、私はソラと共に皆の待つ部屋へと戻った。

部屋に戻り、ラーナが協力してくれることを告げると、皆は驚いた様子を見せ理由を知りたがったけど、私がそれは言えないと答えると、すぐに察してくれたようでそれ以上の追及はなかった。そして力強い協力者に喜んだ。

「魔法省幹部の協力に魔法道具まで貸してもらえそうとなると、これは僕らも全力を出すしかなさそうですね」

キースがやれやれという感じでそう言い、皆もそれに同意してくれた。

そうしてフレイを救出するための作戦を練った。

「まず本当にフレイが屋敷にいるのかを確かめたいですわね」

メアリがそう発言した。

「そうだな。いざ忍び込んで本人がいないとか洒落にならないからな」

とアラン。

「そもそも屋敷に入れたとしても闇雲に探して回るのはさすがに無理だよね。いる場所が特定できないと連れ出すのも厳しい」

キースが言う。

「屋敷にいるかどうか、どこにいるかどうかか、まずはそれを確認しなくちゃね」

私がそう言うと、

「あの、それならクマちゃんにお願いしたらどうでしょう」

マリアが手を上げて言った。

「クマちゃんってもしかして――」

「はい。ラーナ様に作ってもらった魔法道具のクマちゃんです」

やはり私に対してだけすごい態度の悪い好戦的なクマのことね。

「フレイさんは魔力が高いので思い入れのあるものがあればその居場所を追えると思います」

そうあのクマは魔力が高い人のことは感知できるのよね。逆に魔力が高くなければ追えないのだけど、フレイは高い魔力の持ち主だ。

「ジンジャー、フレイの思い入れのあるものとかに心当たりはない?」

フレイと特に仲のよいジンジャーにそう尋ねると、

「思い入れのあるもの……というと大事にしているものということでしょうか?」

「うん。何か心当たりない?」

「そうですね。心当たりはありますが、持ち歩いていたら学園にはないですし、寮の部屋に残っているかどうか」

「そうか、寮の部屋はそのままだったね。よし、寮の部屋に行ってみよう」

私がそう提案するとキースから待ったがかかった。

「義姉さん、急ぎすぎだよ。行くなら魔法道具のクマを連れて行く方が効率がいい。魔法道具は今、マリアさんの家にいるの？」

「はい。魔法省の寮の部屋にいます。すぐに連れてきましょうか？」

『マリアお願い』と私が言う前にキースが、

「いや、すぐにはいいよ」

と首を横に振った。

「どうしてよ。急がないと」

私が腰を浮かせてそう言うと、キースはしっかりと私を見つめて諭すように言った。

「さっき、フレイがランドール侯爵にとっては替えの利かない存在だと話したばかりだろう。そこまで焦らなくても大丈夫だよ。というか焦って急いで行動してこちらのことがランドール侯爵にバレてしまう方がリスクが大きい。フレイの寮の部屋に監視がついている可能性もある。そのまま乗り込んでいっては危険だ」

「……そっか、その通りだね」

また突っ走ってしまうところだった。反省しなければ。

「ではまず寮のフレイの部屋に入るためにランドール侯爵の見張りがいないかを確認しないといけませんわね。そういうことが得意な人材に声をかけましょうか？」

メアリがそう口にした。

そういうことが得意な人材ってメアリそんな人に心当たりがあるの？　メアリの交流関係は

大丈夫なのか少し心配になる。

「いや、そこはわざわざ他の人間を探すことであちらに気付かれたくない。そういうわけでソラ・スミス。護衛の依頼と並行してで悪いですけどお願いできますか？」

キースがソラに視線を向けそんな風に言った。

確かにそういうことはソラが得意だ。キースを助けに行く際もソラがそのあたりを確認してくれたのだ。

ソラは小さく息を吐き、

「わかりました。ここまで巻き込まれたら、もう最後までお付き合いしますよ。フレイ・ランドールの寮の部屋に見張りがいないか確認しておきます」

仕方ないなという風に承諾してくれた。

「じゃあ、フレイの寮に入れたら思い入れのあるものを探してクマに匂いを嗅いでもらってフレイの居場所を探す。そしてそこへ助けに行く。うん。だんだんとできそうな気がしてきた」

私がそう言うと他の皆はなんともいえない顔をしたが、

「最初のところも成功するかわからない上に、その助けにいくのが一番大変そうなんだが、お前が言うとなんだかできそうな気もしてくるから不思議だな」

アランがそう言って苦笑すると、皆も、

「そうですわね。カタリナ様ならなんでもできそうですわね」

「ええ、カタリナ様なら物語の主人公のように華麗に解決できそうですわ」

「はい。カタリナ様ならきっと大丈夫です」

「……そうだね。義姉さんにはなんとかできるかもと思わせる何かがあるよね」

そんな風に言ってくれた。

ソラもいたずらっ子みたいなにっとした微笑みをくれた。

「よ～し、じゃあ、フレイ救出のため頑張ろう！」

私はそう言って拳を掲げて立ち上がったのだが、なぜかそこで力が抜けてぺたんと椅子に戻ってしまった。

「義姉さん！」「「カタリナ様！」」「カタリナ！」

皆が驚いてわっと私の元へ寄ってきてくれた。

「どうされたんですか？」

「変なものでも食べたのか？」

「お腹が痛いの？」

いや、なんで皆、私の元気がなくなると変なものを食べたかとか、お腹が痛いのかとかそういう心配ばかりするのだろう。

そりゃあ、子どもの頃はその辺の木の実を食べてお腹を壊したり、お茶会で食べすぎてお腹を壊したりしていたけど、今は木の実の種類も覚え、お茶会で腹八分目を覚えそんなことはほとんどなくなったというのに。

「いや、お腹が痛いわけではなくてなんか力が入らなくなっただけで」

私がそう言うと、キースがじっと私を覗き込みすっと自分の手を私の額に当てた。そして、

「ああ、これは熱が出ているみたいだね」

眉を下げてそう言った。

「えっ、熱がある？」

自分では気が付かなかったけど、そう言われるとなんだか身体が熱く感じるから不思議である。

「うん。他に何か症状はある？　気持ち悪いとか？　頭が痛いとか？」

キースにそう問われ、自分の身体に注意を向けてみるが、力が入らず身体が熱い以外は何もない。そのことを伝えると、キースは少し考え、

「色々と考えすぎの知恵熱みたいなものなのかな？　昔は割とあったよね」

そう言った。言われれば子どもの頃とかはよくそんなことがあったかもしれない。なにせ乙女ゲームの悪役に転生してしまったのだ。考えることはたくさんあったから。

「そういえばあの頃の突然の熱と似ているかも。こうして力が入らなくなって――」

『それですごく眠くなるんだ』という言葉を口から紡ぎだせないまま瞼がすごく重くなってきた。

「わっ、義姉さん」

キースの驚いた声が聞こえて、身体がふわりと温かいものに包まれた。やわらかくはないけどトクントクンと心地よい音が聞こえるここの眠り心地は悪くなさそうだ。

心地よい音が速くなるのを聞きながら私はそのまま眠りに落ちていった。


薄いピンク色の壁に黒いテーブル、パイプベッドには水色のカバー、ベッドの上には青いクッション、前世でしょっちゅう遊びに来ていた親友あっちゃんの部屋。

これは魔法省に就職してから見るようになったあの夢だ。

私がプレイすることのできなかった乙女ゲームⅡをあっちゃんが夢の中でプレイしてくれているのだ。

私はこの夢で何度かゲームⅡの内容を知ることができた。

通常時ならまたゲームⅡの内容を知ることができると嬉しくなるが、今はフレイの一大事だったので、フレイを助けることができるヒントを知ることができる夢とかの方がよかったななんて思ってしまう。

テレビの画面にゲームⅡのオープニングが流れ、ゲームが始まった。

今日、プレイするのは誰のルートだろうか？

できれば私の破滅に関わるⅡからの新キャラ、ソラ、サイラス、デューイ、それから隠しキャラのセザールをプレイしているところが見たい。それからもう一人の隠しキャラを知りたいのでその人をプレイしているところもあわよくば！　と強く願ったにもかかわらず現れたのはジオルドだった。

またジオルドルートか、前の夢と同じだな。前の夢では私のナイス推理でゲームの終わりを知ることができたけど、正直、もうジオルドのルートで気になることはない。

だって『悪役令嬢カタリナ』は魔法省の中で謎の女として暗躍する存在でジオルドと接点はないはずなのだ。

う～ん。今日の夢にはあまり意味がないかもしれないな。そんな風に考えながら私はぼんやりとテレビ画面を眺めていた。

画面の中では学園で仲良くなった主人公とジオルドが、『あはははうふふ』と楽しそうに交流を深めている。

そういえばゲームⅡではⅠの攻略対象たちのライバルキャラも関わってくるって例のメモに書いてあったけど、ジオルドとキースのライバルキャラである『悪役令嬢カタリナ』はもういないわけでそこはどうなるんだろう。

ふとそんなことを考えたまさにその時だった。画面に信じられない人物が映ったのだ。

『私がジオルド様の次の婚約者候補です』

画面の中でそう言ったのはまさしく今、私たちが助け出そうとしているフレイ・ランドールその人だった。画面の名称は『？？？』になってるけど、どう見てもフレイだ！

どういうことなのこれ！　と驚きすぎて頭が状況を処理してくれないうちに画面にはどんどんと情報が流れていく。

主人公のモノローグからこの子が生徒会の後輩であることが明らかになり、名前も

『？・？・？』から『フレイ・ランドール』に切り替わった。

絶対に間違いなくフレイで確定だ。ただ違うのが主人公がフレイのことを大人しくてほとんど口をきいたことがない後輩と言っていた点くらいだ。

フレイは決して大人しくないし、誰ともフレンドリーに話すから主人公（マリア）ともよく話をしていたはずだ。

やはりゲームと現実は違うのか、そもそもこちらでは私（カタリナ）が退場しなかったからジオルドの婚約者はまだ私のままだものな。

しかし、そうなると今回のフレイが父親に無理やり強制されているジオルドの婚約者候補騒動はゲームのシナリオ通りだったということ。というかこのフレイの立ち位置ってもしかして、

『おっ、ジオルドルートの新たなライバル登場ね』

ゲームをしているあっちゃんがそう漏らした。ゲームに声をだしちゃうタイプのあっちゃんのお陰で確定した。

やっぱりフレイはジオルドルートのライバルなのね！　カタリナが抜けてしまったからその穴埋めにライバルとして登場させられてしまったのね。

なんか私が悪いわけではないのだけど、ごめんねフレイ。

『あなたでは、身分がジオルド様には釣り合いません。親しくするのは控えていただきたい』

フレイが淡々とした声で告げる。

ゲームⅠの悪役令嬢カタリナよりもだいぶマイルドな感じなライバルだな。いや、カタリナ

が強烈すぎただけか？　メアリやソフィアはそこまでではなかったものな。

しかし、顔はフレイのはずなのにその表情は無機質で目に光はない。本当のフレイとは全然違う。

なんとなく胸が痛くなり少しだけ目をそらすと、下に開かれていたゲームの説明書にライバルキャラとして書かれているフレイが見えた。

【ランドール侯爵の娘、自分の意思はほとんどなく侯爵に従順に従う】と書かれていた。

ああ、これは学園に入る前のフレイだ。フレイは魔法学園に入ってすごく変わったらしいけど、ゲームの中のフレイはそのまま変わることなくランドール侯爵に縛られ続けているんだ。

せっかく目に光を宿し目標を見つけたフレイをまたこんな状態に戻したくない。絶対に助けるか――――ん!?　フレイの描かれたページの反対側のページが目に入った。

なんとそこにも見覚えがある人物がいた。

まさかのジンジャー！　どうしてジンジャーが！　フレイの親友として出てるの？

私はジンジャーの説明書きに目を通す。

【生徒会の後輩、真面目で融通が利かない。初めて自分を女の子扱いし優しくしてくれたキースに密(ひそ)かに憧(あこが)れている】と書かれていた。

え〜〜〜〜〜〜!?　!?　うそ〜〜〜〜〜〜!?

ジンジャーってばキースに憧れていたの全然知らなかった!?　ってかこの並びでここにこうして書かれているってことはジンジャーはキースルートのライバルキャラってことか！

ゲームⅡでの『悪役令嬢カタリナ』の代わりは可愛い後輩たちだったのね。まさかの展開。フレイがジオルドなのは父親の強制っぽいけど、ジンジャーはそうじゃないだろうな。キースのこと好きなのかな？　どうなんだろう。そんなそぶりは――。

『うわ、これまずい展開っぽいな』

あっちゃんの声で私ははっと我に返りゲーム画面に意識を戻した。色々と考えているうちにゲームがだいぶ進んでいたようだ。

あれ、いつの間にか謎の建物の中に入っている。

どここ？　と私は思ったが、主人公も『ここはどこだろう？』とか言ってるな。

どういうこと？　わからんで入ってきたのか？　不法侵入は駄目だぞ。そう突っ込んだ時、画面にフレイが姿を現した。

『目覚めましたか？』

『フレイさん？　どういうことですか？　ここはどこですか？』

『ここはランドール家の地下室です。窓もないので騒いだところで誰にも聞こえません』

え～～!?　待ってどういうこと！　ランドールの地下室!?　そんなとこあるの？　たぶんクラエス家にはないぞ、そんな部屋。何、これどういうこと？

『どういうことですか？』

主人公が私の心の声を代弁してくれた。

『私はすぐにでもジオルド様の婚約者にならなければいけないのに、あなたがジオルド様と親しくしては邪魔なのです。ですからあなたには少しの間ここにいてもらうことになりました』

『そんな⁉』

『大丈夫です。私も昔、ランドール侯爵の言われるように上手くできなくてよくここに入れられましたが慣れれば問題なく過ごせます』

『……』

フレイのさらりとした告白に主人公は言葉をなくしていた。やはりゲームの中でもフレイはランドール侯爵にひどい扱いを受けて育っていたのだ。

『それでは私はこれで失礼します。時間になったら食事を届けさせます』

フレイはそう言って、バタンとドアの音を立て消えた。

『どうしよう』

と主人公は呟いていたが――私の方はもうやるべきことは決まった。

フレイを助ける。ランドール侯爵から救い出すんだ。


目を開けるとそこには見慣れない天井があった。

あれ、ここどこだろう？　そう思っていると、

「あっ、カタリナ様が目を覚まされました！」

そう声がして、誰かが駆け寄ってきた。目の前に白い髪と赤い瞳の友人の姿が映った。

「……ソフィア？」

「はい」

「ここはどこ？」

私のその問いには続いてやってきたメアリが答えてくれた。

「魔法省の医務室です。カタリナ様が突然、倒れてしまったのでキース様がここまでお運びになられました」

ああ、そう言えば熱が出て眠くなってそのまま眠ってしまったのだった。あの時感じた温かさはキースが受けとめてくれたからだったのかも。

今回は少し長めにあの夢を見てフレイのことを知り動揺して、しばし現実の方が靄がかってしまったようだ。

改めてよくよく見れば以前もお世話になったことがある場所だった。

「お医者さんにも診てもらいましたが、熱が高めな他は何も問題なさそうだということでここで休んでもらっていたんです。大丈夫ですか？」

メアリが心配そうにこちらを覗き込んでそう聞いてきた。

「うん。大丈夫。急に熱が出るとすごく眠くなってしまうだけなの。少し寝て起きるとすぐすっきりするんだ」

私がそう答えると、メアリとソフィアの後ろにいたジンジャーが、

「……そうなんですね。よかったです」

張っていた気が抜けたというようにふにゃりとした顔になりそう言った。

メアリとソフィアも安心したような表情になった。だいぶ心配をかけてしまったみたいだ。

「そう言えば他の皆は？」

確かソラやアラン、キースはここまで運んできてくれたと言っていたけど今、その姿はない。

「お医者様に大丈夫と言われてから男性陣には別の場所で待機してもらっているんです。淑女が休んでいる部屋ですから」

メアリがそれが当たり前だという風に言った。確かに男性陣にずっと寝顔を見られるのはやや気まずいかもしれない。

「皆さん、とても心配されているんで、私、カタリナ様が目を覚まされたって伝えてきますね」

ジンジャーはそう言うと部屋を出て行った。

そしてメアリたちに本当にもう大丈夫なのかと聞かれて答えていると、バタバタと音がして男性陣が戻ってきた。

「義姉さん、大丈夫？」

「もう起きて平気なのか？」

「大丈夫なのですか？」

キース、アラン、ソラがそう声をかけてくれた。

「ええ、心配をかけてごめんなさい。もうすっかり大丈夫よ」

私がそう言うとアランもソラもほっとした顔をしたが、心配性の義弟は、

「本当に？」

と疑ったような顔をして、私の額に手を当ててきた。そして、

「さっきよりは下がったみたいだね」

とここでようやく安心した顔を見せた。

「熱は少し下がったとはいえ倒れた人間にこれ以上、無理をさせるわけにはいかないから今日はもう帰ろう。学生寮のフレイの部屋へ入るのはまた明日だ」

キースにそう言われ、その通りで皆に心配もかけてしまったので素直に頷いた。

「じゃあクラエス家の馬車に準備しておいてもらうよう声をかけてくるよ。義姉さんはもう自分で動けそう？」

キースがそう言って差し出してくれた手を取ると私はすくりと立ち上がった。眠気はだいぶ落ち着いていた。

「うん。大丈夫そうだな。少し待っていて」

そう言うとキースは颯爽とドアから出て行った。

「カタリナ様が回復されて本当に良かったです。キース様は特に心配されていたんですよ」

ジンジャーがそう教えてくれた。

キースには昔から何度かこの知恵熱みたいな状態を見せてしまっているからな。そのせいで余計に心配をさせてしまったかもしれない。

「カタリナ様をすぐに抱きかかえて颯爽と医務室まで運ばれたんです。まるで物語に描かれた絵のようでしたわ。……ただお兄様の方がより素敵な絵になると思いますけど」

後ろでぼそりと何かを呟きつつソフィアがそんな風に言った。

そういえばメアリもさっきキースが運んできてくれたって言っていたな。後でちゃんとお礼も言っておかなくちゃと思った時、ジンジャーの姿が目に映ってはっとした。

そう言えばフレイがゲームⅡジオルドルートのライバルキャラだったこと、そしてそこでもランドール侯爵にひどい仕打ちを受けていたことの衝撃で霞(かす)んでしまっていたが、ジンジャーもゲームⅡでキースのライバルキャラとして描かれていたのだった。

キースが私を心配して抱きかかえてというくだりを皆と普通に聞いているけど、もしゲームの通りにジンジャーがキースに憧れているとしたら心中はさぞ複雑なはずだ。というか私、なんとキースに好きだと告白されているんだよね。

前世の記憶を思い出して恋愛を怖いと避けていたため恋愛のレの字もわからない私は、ゲームⅡでの破滅フラグのこともあり、今はまだ考え中で許してもらっている。

そんな中で誠実を絵に描いたような青年に育ったキースが、そのままじゃあ次の人に行くとは考えられなくて……つまり私がいるせいでジンジャーがもしキースに憧れていても今は報われることがないわけで――。

「カタリナ様、大丈夫ですか？　やはりまだ具合がよくないのでは？」

色々とぐるぐる考えていたらまた心配させてしまったようだ。そう声をかけてくれたのはジンジャーだった。

賢くて優しい自慢の後輩。できればジンジャーの恋路を邪魔するなんてことしたくなかったのだけど——どうなんだろう？　ゲームのように本当にキースに憧れているんだろうか？

ゲームのキースはチャラ男だけど、現実はザ・好青年。純情だからな。

「大丈夫、大丈夫、心配かけてごめんね。……その、ジンジャーは憧れている人とかいるの？」

これはもうぐるぐる考えるより直接聞いた方が早いだろうとそう口に出すと、

「へっ、突然、どうしたんですか？」

目を丸くされた。

確かにそうだよね。いきなりすぎたか。でもここで確かめてもしもの場合はジンジャーへの配慮とか考えたい。

「その、倒れた時にジンジャーがある男性に憧れているというような夢を見たの。それで正夢とかだったらと思って」

我ながらなんだそれはという内容だった。

ジンジャーも呆（あき）れたような表情をしたけど、その後、大きく息を吐いて、

「まったくの見当違いな夢ですね。私に憧れている男性はいません」

そうはっきり言い切った。その目に嘘（うそ）はないようだった。でも一応、

「本当に、本当に？」

と詰め寄って聞くと、

「本当です。憧れている男性なんていません。……女性ならいますけど」

そう答えてくれた。最後にぼそりと呟いた言葉は聞こえなかったけど、ここまで聞いて嘘をつく子ではないのはわかっているので安心だ。

きっとキースがチャラ男にならなかったからタイプから外れたのね。ん、でもそうするとジンジャーのタイプはもしかしてチャラ男⁉　大事な後輩が変な男に捕まったら大変だ。

「ジンジャー、もし憧れるような男性ができたらすぐに私にも教えてね。私がジンジャーの先輩としてしっかり見極めてあげるから！」

私がそう言ってジンジャーの手を握ると、恥ずかしかったのかジンジャーは少しだけ頬を赤くした。

「カタリナ様は私の親ですか……でもありがとうございます。もしも万が一そんなことが起きた時にはすぐ報告します。……だからそれまで傍に置いてください」

ツンが基本のジンジャーが頬を染めそんな風に言うから私はくらりとしてしまう。私の後輩が可愛すぎる。

「うんうん。いい人が現れるまでは私の傍にいてね～」

そうして今度はジンジャーをぎゅと抱きしめていると、首根っこを掴まれ、引き離された。

「義姉さん、馬車の準備ができたから家に帰るよ」

私をジンジャーから引き剝がした犯人であるキースにそう言われ、私はそのまま馬車へと連行された。

皆とはまた明日、魔法省で落ち合う約束をした。

「義姉さん、もうどんどんどんどん誑し込んでいくの止めてよ。これ以上、信者が増えたらどうするんだよ」

馬車に乗ったキースがため息交じりにそんな風に言った。

「何を意味不明なことを言ってるのキース。働きすぎで疲れてるんじゃない。馬車の中で少し休んだ方がいいわよ」

私がそう提案するとキースはより深いため息をついた。

「……僕は大丈夫。休んだ方がいいのは義姉さんだよ。また熱がぶり返すかもしれないだろう。少し休みなよ。僕に寄りかかっていいから」

そう言ってキースは私の隣にやってきて肩を貸してくれた。

「そうね」

私は遠慮なく肩を借りることにした。キースの子どもの頃から比べてすっかりたくましくなった肩に身を預けると、落ち着いたはずの眠気がまた襲ってきた。

なんだかんだでまだ少し熱っぽかったみたいだ。私はすぐに夢の中へ落ちた。

僕、キース・クラエスは、僕の肩に寄りかかりスヤスヤと寝息を立てる義姉カタリナを見つめ小さく息を吐いた。

義弟として絶対の信頼を寄せてくれているのを喜ぶべきなのか、男としてまったく警戒されていないのを悲しむべきなのか迷うところだ。

屋敷で仕事をしていたところに突然、送られてきた義姉からの連絡。

その内容からこれはまた危険なことに首を突っ込もうとしていると慌てて魔法省へ向かえば案の定、これだけ警戒しているランドール侯爵に関わろうとしていて肝を冷やした。

それでもまだ一人で暴走して突っ込んでいかなかっただけよしとしなければならない。

可愛がっていた後輩のためとはいえ、カタリナはすぐ無茶をする。

僕の時もそうだった。自ら率先して助けに来てくれて、そして暗闇（くらやみ）から僕を救い出してくれた。あの時見た光はまだ脳裏に残っている。

困った人を放っておけない。特に親しい者のピンチに黙って見ていることなどできない。それがカタリナ・クラエスという人物なのだ。そして僕はそんな彼女をとても愛おしく思うんだ。

スヤスヤと眠るカタリナの頬にそっと触れるとまだ少し熱さが残っていた。

眠れば下がっていく熱とはいえそこまですぐに元通りになるはずもない。今日はこのままゆっくり休ませなくてはいけない。

今でこそほとんどなくなったが、幼い頃のカタリナはこうして何度か熱を出して寝込んだ。

一番、ひどかったのはジオルドと出会い城で転んで頭をぶつけた時らしいが、その後もたびたび熱を出した。

僕がクラエス家に来た頃、悪夢にうなされると手を握ってくれていたカタリナは、自分が熱で寝込んでいる時は『大丈夫だからキースはちゃんと休んで』と言って僕に部屋に戻るように促した。それでも心配でこっそり様子を見に行くと、カタリナはうなされていたり、涙を流していたりした。

知らない名前を呼びながら、ポロポロと涙を流す様子は見ていて胸が痛くなった。

カタリナが呼んでいた聞きなれない名前を調べてみたこともあったけど、結局いくら調べてもわからなかった。

カタリナに、僕にもわからない悲しい隠し事があるのかもしれないと思い始めたのはその頃からだ。

それからいつかカタリナが話してくれるまでと待っているけど、その日はやってくるんだろうか。こうして他人のために必死になって走って行くカタリナがいつかそのまま消えてしまうのではないかと不安になる時がある。カタリナは肝心なところでは人を頼らず一人で解決しようとするから。

カタリナを守ると誓ってからもう十年近くの時が経った。僕はもう昔のような非力な子どもではなくなった。

「だから、僕を頼ってよ。カタリナ」

そう囁いて肩に寄りかかっている頭を撫でる。

ふわりといい香りがして少しクラクラきた。

前はもっと義弟としての切り替えがしっかりとできていたんだけどな。

カタリナに『告白が嬉しかった』と告げられてからは、どうも上手くいかなくなってきた。

我慢が利かなくなり、そっとその髪に唇を落とす。

より香りを強く感じさらにクラクラしてしまったが、脳裏に金髪碧眼の王子が現れて『僕が大変な時に婚約者に何するんですか』と眉を吊り上げてきたので、思いとどまることができた。

頭を振って王子の残像を振り払い、もう一度だけその髪を撫でると、カタリナがくすぐったそうに僕の肩により身を寄せてきて、また葛藤する羽目になった。

脳裏にたびたび現れる王子の映像と葛藤を繰り返すうちに馬車はクラエス家へ到着した。

★★★★★★★

馬車でしっかり眠ったおかげか屋敷に着くと頭はすっきりしていた。

ご飯もパクパクと食べられ、満ち足りて自室に引っ込んだ。

さて明日はフレイの寮の部屋へ入れるかしら？　そして今日見た夢のことを少し考えなければ

ばならない。

議長カタリナ・クラエス。議員カタリナ・クラエス。書記カタリナ・クラエス。

『では皆さん。今日の夢で見た情報をおさらいしてまとめていきましょう』

『はい。なんとフレイがゲームⅡのジオルドルートのライバルキャラでした』

『びっくりよね。悪役令嬢カタリナが抜けた分の穴埋めよね。カタリナが国外追放させられたばっかりに』

『カタリナがもう少し考えて行動していればね。後輩がライバルキャラにされることだってなかったかもしれないのにね』

『本当よね。フレイだけじゃなくジンジャーまでライバルキャラにされていて、いたたまれないわ』

『でもとりあえずジンジャーはキースに憧れている様子はないのでそこは大丈夫そうですね』

『そうね。そこはキースをチャラ男にしなかった私の教育の賜物ね。あとはジンジャーが他の変なチャラ男に引っかからないように気を付けてあげなくちゃね』

『そうですね。ジンジャーはそれで大丈夫かもしれませんが、フレイは……』

『フレイはゲームと違ってしっかり自分の意思も希望も持っている子に変わったわ。でも物語の強制力なのかゲームと同じようにジオルドの婚約者候補という状況になってしまっている』

『カタリナの時も何もしていないけど断罪イベントが起きたわね。それでも皆のお陰で乗り切れたわ。今回も皆、力を貸してくれている。きっと大丈夫よ』

『そうですね。私たちは強制力なんかに負けません！　まずフレイもゲームのようにマリアを閉じ込めたりしていないですから』

『ああ、そうだったわね。夢の最後の方でフレイはランドール侯爵の言われるがままにマリアを閉じ込めていたわね。地下室だったっけ？』

『そうそう。屋敷に地下室があるなんてすごいわね。……あれ、うちにはないわよね？』

『クラエス家にも倉庫くらいはあるような気がしますが、あの映像だと結構しっかりした地下室だったみたいですね』

『ゲームのフレイも昔、閉じ込められたことがあるとか言ってたし、閉じ込める用の部屋なのかもよ』

『なんなの閉じ込める用の部屋とか、ランドール侯爵、怖すぎるよ』

『聞けば聞くほどランドール侯爵は……ん、閉じ込める用の部屋？　それならもしかして今、フレイはそこに入れられているのでは？』

『『　!?　』』

『賢いわ、カタリナ・クラエス！　窓もなく騒いでも誰にも聞こえない部屋なんてさすがに何部屋もないはずだもの！』

『よし、明日、皆にそういう部屋があるかもって相談してみよう』

『了解』

『わかりましたわ』

こうして偶然にも有益そうな情報を思い出し、カタリナ脳内会議は終了した。

「フレイ、もう少し待っていてね」

私はそう呟きベッドに入った。もう知恵熱なんて出して倒れている場合じゃない。しっかり休んで体調を万全にしなければならない。

第五章　フレイ救出

翌朝、目覚めると昨日(きのう)のだるさはなく頭はすっきりしていた。

いつものようにアンに手伝ってもらい支度を整えるとキースと共に馬車で魔法省へ向かった。

昨日から借りている部屋へ行くとそこにはすでにラーナとソラ、マリアの姿があった。

「おはようございます」

私の挨拶(あいさつ)に皆、挨拶を返してくれたところでラーナが口を開いた。

「アラン王子、メアリ嬢、ソフィア嬢たちは少し遅れるそうだ。ジンジャー・タッカーには学園で待機してもらっている。彼女がフレイと親しくしていたのはよく知られている。あまりおかしな動きをしてあちら側に気取られるとまずいからな」

もうラーナがそこまで考えて動いてくれていたことに、驚くとともにやはり有能な人だと改めて思う。

「ソラ、カタリナ嬢たちにも報告を頼む」

ラーナがそう言うとソラが口を開いた。

「フレイ・ランドールが使っていた寮について調べましたが見張りと思わしき人物はついていません。ただ彼女が家に呼び戻されてしばらくしてランドール侯爵家のものが荷物を取りにきたということで、もしかしたら何も残っていない可能性もあります」

なんと⁉　もう荷物回収済み。

「そ、そんな！」

悲しい声をあげる私とは対照的にキースは、

「そんな気はしていました。あえて見つかると悪いものを残しておくとも考えられませんし、わざわざ見張りを手配するより持ち出してしまった方が早いですからね」

と納得した顔をした。

「そ、それじゃあ、フレイの寮の部屋へ行けても意味はなくなっちゃう」

それだとクマも役立たずになってフレイの居場所の特定も難しくなる。

「いや、ランドール家もさすがにすべての荷物を持ち出してはいないだろう。生活必需品まですべて持ち出すとかなりの量になるだろうし、まだ在学期間だというのにもう返さないというようなことをするのはさすがにまずい。魔力があるものが魔法学園に通うのは国の絶対的な決まりだからな」

ラーナがそのように言った。

「なら、何か残っていますかね？」

「ランドール家が持ち帰り不要と考えたものは残っている可能性が高い」

私の問いにラーナがそう答えた。

ラーナは私たちよりずっとランドール家に詳しいはずだ。そのラーナが言うなら正しいのだろう。

「それでもこちらが欲しいものがあるかどうかはわからないが、それは確かめてみればいいだろう」

ラーナはそう言うとすくりと立ち上がり、

「カタリナ嬢たちも到着して説明も済んだから、私とマリア、アレクサンダー、それから待機してもらっているジンジャーでフレイの寮の部屋に入ってみる」

そう宣言した。

マリアの鞄（かばん）の中からクマのぬいぐるみ（アレクサンダー）もぴょこりと姿を現した。

ラーナがいるとどんどんと事が進む。

「カタリナ嬢たちはもう少ししたらくるだろう他（ほか）のメンバーを待っていてくれ、皆、ランドール家についてさらに情報を集めてから来てくれるそうだから」

なんと皆はまたランドール家の情報を集めてくれているのか、それで遅くなるのね。皆――。

「君の仲間は皆、優秀で頼りになるな」

私の思ったことをラーナがそのまま口にした。

「はい」

私は大きく頷（うなず）いた。そしてラーナがマリアを連れて部屋を颯爽（さっそう）と出て行った。

ラーナたちが出ていってしばらくするとメアリ、アランがきてくれた。

二人は、ランドール侯爵についてのさらなる追加の情報などを持ってきてくれた。アランはジオルドの今の状況なども教えてくれた。

「引き続きランドール侯爵のよこした使用人たちに見張られて仕事してたけど、いつもと変わらない様子で黙々と働いてたぞ。さすがだな」

アランはそんな風に言ったけど、私はかなりストレスを溜めて無理しているのではないかと思う。

ジオルドは無理してしんどい時ほど変わらない様子を作るからな。それで人に無理しているのを悟られないようにするのが上手いのだ。

完璧な王子様なんて言われているせいか人に弱みを見せたり頼ったりするのができないんだよねあの人。通常時であれば会いに行って少しでも休憩するように言いたいが今の状態ではそうもいかない。

「アラン様、ジオルド様に会ったらちゃんと休憩をするようによく言ってください」

「いや、そんなのしてるだろう。ジオルドだぞ」

アランは幼い頃のようにジオルドに劣等感こそ抱いていないが、完璧な兄と思っているようで不思議そうな顔をしたけど、

「とにかくお願いします」

と念を押せば、「わかった」と頷いてくれた。アランはとにかく素直だからな。

メアリの追加の情報は主にランドール侯爵の側室さんや愛人さんのものが多かった。社交界ではそういう話がよく集まるらしい。

アランの方は政治的な役割などが主だった。ランドール侯爵がかなり権力を持つ人物である

のがわかった。

そうして情報を見せてもらっているうちに、

「失礼します」

と聞きなれた声がした。

「ソフィア、どうぞ」

そう声をかけるとソフィアと、その後ろには昨日はいなかったニコルの姿もあった。

「昨日は仕事の都合で来られずにすまなかった。その代わり情報はそれなりに持ってきた」

ニコルはそう言って紙の束を差し出してきた。

「へっ、こんなに！」

そのびっしり文字の書かれた紙の束に思わず驚きの声が出てしまった。

「お兄様、久しぶりに本気を出されたみたいです」

ソフィアは爽やかな笑顔でそう言って、ニコルはいつもの無表情でこくりと頷いた。

ニコルが優秀なのは知っていたけど、たった一日でこれだけの量をそれも仕事もしながら集めるなんてニコルの本気がすごすぎる。ニコルが敵にまわったら完全に破滅しそうだ。味方でいてくれてよかった。

そんなことを考え思わずごくりと唾を飲み込んでいると、ニコルが紙の束の中から一枚を抜き取り広げた。

そこには図面のようなものが描かれていた。

なんだろうこれ？

「これはランドール侯爵の屋敷の図面だ」

ニコルがさらりとそう言ったので、私を含めその場の皆は驚きに固まった。

「あの、ちょっと待ってください。ニコル様、ランドール侯爵の屋敷の図面、そんなものがなぜここにあるのですか？　それは本物なのですか？」

一番に衝撃から回復したらしいキースがそう問うと、

「出所は言えないが、本物だ。ただ作られた当初のものだからその後に増改築されていれば変わっている可能性はある」

ニコルは淡々とそう言った。

「屋敷の図面とか家の機密事項をこんなに簡単に持ってこられるとか、この国は大丈夫なのかよ」

アランが頭を抱えつつそう言うと、

「簡単ではないぞ。これを手に入れるのは俺でもかなり大変だった。あとこんなことができるのはこの国ではうちの父親くらいだから問題ない」

ニコルがまた淡々と言った。それは自慢とかでもないでもなく事実を言ったという感じで――またそれがすごかった。

「ちなみにわかっていると思うが、この図面のことは今回の関係者以外には口外禁止だ。捕まる可能性がある」

ニコルのとどめのこの一言により皆、もうそこは突っ込むのを止めた。

もはや危険な匂いしかしない。

妹のソフィアだけは『お兄様、かっこいい』と言っていたけど、ソフィア、君のお兄さんの所業はかっこいいで片づけられるものではないと思う。

しかし、その辺のことは切り替えて今はフレイを救出することに専念しよう。正直、屋敷の図面とかすごい助かる。

「あの、ニコル様、ランドール侯爵の屋敷には地下室はありますか？」

「地下室？」

「はい。地下室なら人を隠すのに都合がいいような気がして」

ゲーム通りならあるはずなんだけどな。ニコルが図面に目を落とす、私も一緒に見てみるけど、全然、わからない。

「ここ、この部分に地下を作ったとなっている。増設して新たにその部分に作っていなければここしかないはずだ」

ニコルがそう言って指さしたのは屋敷に真ん中の部分だった。よりによって中心部。もしここに閉じ込められているとしたら助けるのはかなり大変そうだ。

「確かに地下なら他者にも気付かれにくいだろうからありそうな話ではあるけど、この中心部というのは厄介だね」

キースがそう言い、他の皆も同意した。

そもそもランドール侯爵の屋敷は警備がすごいだろうという話になり、なんとなく気落ちしていた時だった。

「戻ったぞ」

とはきはきとした声が聞こえ、ラーナがマリアを連れて戻ってきた。

「あの、どうでしたか？　何かありました？」

思わず立ち上がり戻ったばかりのラーナに問いかけると、ラーナはにっと笑った。ということは――。

「あったんですね。フレイの大切なもの」

「はい。これです」

マリアが嬉しそうに取り出したのは、

「ハンカチ？」

それはなんの変哲もない白いハンカチだった。

「はい。ジンジャーさん曰くフレイさんがラーナ様からいただいて大切にされていたものだそうです。クマちゃんも反応したので間違いないです」

マリアがそういうとその肩からひょこりとクマが顔を出し『俺はやれるぜ』というようなどや顔をした。

クマの顔はやや腹立たしいが、見つかって何よりだ。

「ラーナ様がフレイにあげたものがあったんですね」

ラーナ本人にそう聞くと、

「前に一度、魔法省内で会った時に汚れていたんで使ってくれと渡したんだ。まさかまだこんなものを持っていて、それも大切にしてくれているなんて思わなかった」

ラーナは複雑そうな顔をしてそんな風に言った。

フレイはラーナの別の姿を知らず憧れを抱いていた。実際、複雑な思いを抱えているのだろう。

「ラーナ様のハンカチには端に小さく特別な刺繍が施されているんだそうです。ただランドール家の人たちはそのことを知らなかったようで、フレイさんの私物のハンカチだと思ってそのまま置いていったようです。他にもタオルやドレスなどの日用品もだいぶ残っていたので」

マリアがそう説明してくれた。

どうやらランドール家はランドール家に都合の悪そうなものなど以外はあまり持って行かなかったようだ。というかフレイ自身にも意思があることなんて配慮していないのかもしれない。大切なものなんかあると思っていないのかもしれない。

「それでこのハンカチを見せていただいて気付いたのですが――」

しかしフレイ、ラーナにもらったハンカチを大事に持っているなんて本気で憧れているんだな。

いや、私もラーナを初めて見た時はかっこいいと思ったけど、実際に上司になると色々とおかしなところも多いからな。でも頼りになる上司ではあるんだけどね。

「――ですよね」

「あっ、うん。そうだね」

マリアに同意を求められ、思わずそう返したけどしまった話を聞いていなかった。

マリアに視線を送るとにこりとされ、にこりとする。

「それでそのハンカチでもう魔法道具は反応しているんですか？」

キースがそうラーナに聞いたことで話が移った。

もはやマリアの話を聞き返せない感じだ。でもまぁ、わからなくなったらまた聞けばいいか。

「ああ、フレイの居場所を示している」

ラーナがそう言うとクマはびしりと指をさした。

「方向的にはランドールの屋敷の方で間違いないようだ。この後、屋敷の方まで連れていって確認してこようと思う」

うん。やはりフレイはランドール侯爵の屋敷にいる可能性が高い。フレイの大切なものが残っていてよかった。

そしてラーナたちにも口外禁止を言い渡した上でランドールの屋敷の図面を見せた。

ラーナは少し前の私たちのように驚愕したけど、そこはさすがにすぐ立て直しニコルを称賛していた。

「もし本当にこの地下室にいるとなると助け出すのも考えていたより難しいかもしれない」

ラーナはそう言って口もとに手を当て考え始めた。

やはりラーナでもそうなるよな。端っこの方の部屋からさっと連れて出てくるのでも大変なのに、こんな中心部のそれも地下となると。

「うん。これはあの試作段階の道具を使うべきだな」

しばらく考え込んでいたラーナがそう口にした。

「試作段階の道具ですか？」

「ああ、ちょうど良さそうな魔法道具があるんだ。アレクサンダーがフレイがランドール家にいるのか確認できたら、それが使えるか試してみよう」

私の問いにラーナはそう言った。ちなみにアレクサンダーはラーナがつけたクマの名前だ。飼い主？　のマリアを含め誰も呼んでいないけど。

ラーナの魔法道具か、大丈夫かな。

便利なものは便利なんだけど使えないものは本当に使えないからな。一抹の不安を覚えるな。だけど、今は藁にもすがりたい状況だものな。道具もありがたく貸してもらおう。

「では、私たちはアレクサンダーに確認してもらってくる」

こちらの情報を受け取りラーナはまたマリアを連れて颯爽と出て行った。本当に行動力のある人だ。協力してくれることになってすごく助かった。

私たちは再びランドール家についての情報をすり合わせ、どうすればフレイを助け出すことができるのか話し合いを続けた。

「ランドール侯爵は自分に敵が多いことを把握しているから屋敷の警備は特に厳重だ」

「まず中に入り込めるかってところからだな」

ニコルの情報にアランが眉を寄せる。

「それにもしフレイを助け出せたとしてもその後どうするかも問題だよね」

キースの発言に私は首をかしげる。

「その後、どうするかってどういうこと？　もうランドール侯爵のとこに連れていかれないようにしてあげればいいんじゃない」

「義姉さん、そんな簡単にはいかないよ。ランドール侯爵だってこれから王子の婚約者にあてがおうとしていた娘がいなくなれば必死に探すだろうし、それでこちらにいると知れば誘拐だと訴えてくる可能性も高い。義姉さんがフレイに嫉妬したとか言って」

うっ、それはすごくありそうな気がする。

「ランドール侯爵は派閥を使って噂を流すのがお得意のようですからね。そのように仕向けるのも可能でしょうね」

メアリもそう同意した。

「容赦ないからな。ランドール侯爵。あれが自分の思うようにいかないで、大人しく引き下がることないからな」

アランが顔を顰めて言った。

なんて面倒な男なんだ。ランドール侯爵。

「クラエス公爵の方が身分的には高いが、ランドール侯爵がまとめるジェフリー殿下の派閥は大きい。それに裏工作が得意な者が多い。さすがにあそこと対立するのはクラエス公爵でも厳しいはずだ」

ニコルの指摘に私は意気消沈する。

なんやかんやでうちの方が身分が高いから大丈夫かなという思いが少しあったのは事実だ。でも確かにあちらは大きな派閥を持っているんだ。正確にはジェフリーの派閥ということになるけど。

私が勝手にしたことで、お父様に迷惑をかけるわけにもいかない。

「ランドール侯爵をおさえられるとしたら、同じく大きな派閥を持つバーク公爵家くらいだろう」

ニコルが続けたその言葉に私はぱっと顔を上げた。

「バーグ公爵家ってセリーナのお家ですよね？」

「ああ、バーグ公爵は王妃の親族でイアン様の後見で派閥の中心でもある。そのためランドール侯爵とは完全に対立している。色々とよくない噂などを流されたりしているがあちらもそんなの気にかけないほどの力を持っているから、ランドール侯爵もバーグ公爵だけはどうにもできないようだ」

そうなんだ。セリーナのお父様ってすごいんだ。

なんとなくセリーナが大人しい感じだったので、お父さんがそこまですごい人だとは思っていなかった。ん、ということは――。

「バーグ家にフレイのことを頼めばなんとかなるということですよね」

私のこの言葉にニコルはピクリと眉を動かし、

「それはその通りだが、ランドール家の令嬢をバーグ家が保護する謂れはないぞ」

と言った。だけど、

「そうかもしれないけど、お友達としてお願いしてみます」

「お友達？」

ニコルが不思議そうな声を出した。

「はい。お友達のセリーナに」

魔法学園の頃、ちょっとジェフリーの派閥の人の陰謀に巻き込まれ、バーグ家の別宅に誘拐されたことがあるのだ。その際にイアンの婚約者であるセリーナと仲良くなり、今でも交流しているのだ。

そんなセリーナは常々、あの時（誘拐の時）のご恩を返したいと言ってくれており、その父親であるバーグ公爵もそう言っていると聞いている。実際に会ったことはないのだけど。

そのため申し訳ないけどその時のご恩を今返して欲しいとお願いしてみようと思うのだ。というような内容をニコルたちに話すと、

「あの事件以来セリーナ様と交流があるのは知っていましたけど、そんな話になっていたとは……私としたことが情報を集めきれていなかった。不覚」

メアリはなぜかがくりと肩を落とし、アランは、

「あれからそんなことになってたのか、なんというか転んでもただでは起きないなお前は」

そう呆れたように言った。ソフィアは、

「さすがカタリナ様ですわ」

とキラキラした目を向けてくれた。ソラは肩を震わしているけどそれはどういう状態なの？

ちなみにキースはその辺のことを知っていたので特に変わることなく、

「義姉さんあるあるだよ」

とどこか遠い目で言った。

「しかし、そういう事情があるなら上手くいくかもしれないな。カタリナはすごいな」

ニコルはそう言ってふわりと微笑んだ。

うわっ、久しぶりの魔性の微笑みに少しくらりときてしまった。しかも褒められたのでなんだか照れる。

「じ、じゃあ、さっそくセリーナに連絡を取ってみるわね」

「ああ、頼む」

そうしてセリーナに手紙をしたためお願いを送り、またどう助けだすのが適切か、見張りはどうすべきかなどを話していると、

「戻ったぞ」

とはっきりとした声がして、ラーナが後ろにマリアを引き連れて帰ってきた。

「アレクサンダーに確認してもらったところフレイは間違いなくランドール家の屋敷にいるぞ」

確信が持てたラーナは声を明るくしてそう告げた。

「やっぱりそうだったんですね」

予想通りだった。助けに行く場所が確定して何よりだ。

「でもすごく早かったですね。ランドール家はここから近いんですか？」

行って帰ってきたにしてはかなり早かったのでそう聞いたら、

「走りに定評のある御者に頼んで急いでもらったんだ」

とのこと。後ろにいるマリアの顔がやや青くなっているので、かなりのスピードでの移動だったのだろう。マリアお疲れ様でした。

「場所が確定したのはよいことですが、ランドール侯爵の屋敷となれば警備はすごいでしょう。どうやってフレイの元へ行き連れ出しますか？」

ラーナにニコルがそう問いかけた。

「それは試作段階の魔法道具がちゃんと使えれば上手くいくはずだ」

ラーナが胸を張ってそう言った。

「魔法道具、先ほど言っていたものですか？」

ニコルが聞くと、ラーナは、

「ああ、まだ試作品なのだが、皆も来てくれ」

そう言うと皆を魔法道具が保管されている場所へと促した。

試験前に入ったガラクタだらけの魔法道具保管室にまた連れていかれるのかとびくびくしたけど、連れていかれたのは違う部屋だった。

でも並んでいるのはやはりよくわからない道具ばかりだ。本当に大丈夫だろうか。

そんな見た目はガラクタに見えなくもない道具の中からラーナが一つ、見た目はコンパクト？　のようなものを手に取った。

「これをこうすると」

ラーナがそう言ってコンパクトを開け何かをするとカッと眩しい光がラーナの身体を包み込んだ。眩しいと思わず目をつむると、

「あれ、ラーナ様？」

目の前にいたはずのラーナの姿が忽然となくなっていた。

えっ、どういうこと？　まさか瞬間移動したとか？　そんな超能力者さながらの魔法道具がついに開発されたの!?　そう思ったのだけど、

「ここだ」

という返事が先ほどラーナが立っていたところから聞こえた。

「えっラーナ様、そこにいるんですか？」

どうやら瞬間移動とかではなさそうだ。

「元々、いた場所にいるぞ。ただ君たちからは見えなくなっているだけだ」

「見えなくなっている!?」

それは姿を消したということか！

「ああ、光の屈折を利用して幻影を――と詳しくはいいか。とにかく姿を見えなくする道具だ」

ラーナがそう言うとまた眩い光が発せられ、気付けばラーナが元居た場所に普通に立っていた。

「す、すごいです。これならどんな場所にも入り放題ですね」

興奮してそう絶賛する私にラーナは、

「さすがにそれはまずいな。というかこの道具は使いこなすのに少しコツがいるもので、それに魔力を流し込んでいないと使えないから使える人間は自然と限られてくる」

そう言った。

「それでは使えないのでは？」

「ここにいる面子ならほとんど可能だろう。器用で魔力も高い」

つまり使えないのは私（いや魔力が少ないと言えばソラも入れていいか）くらいということか。

「これを使えばランドール家に入れるということですね」

だがラーナの返答は、

「いや、そう簡単にはいかないと思うぞ。これはあくまで姿を見えなくするだけで音は消せない。その辺のごろつきの屋敷なら入れるかもしれないが、ちゃんとした見張りなら足音などで異変に気付くだろう」

　というものだった。

　なんと、姿が見えなくても気付かれてしまう可能性があるのか。ってか姿を見えなくしても入り込めないってそれじゃあ、もう無理なんではと絶望的な気持ちになりそうになったけど、

「そこでこれの出番だ」

　ラーナが新たな魔法道具を取り出した。

　それは何というか棒状の形に何やら黒いゴム？　みたいなのがついていて……う〜ん。どこかで見たことあるな。なんだっけ？

　あっ、そうだ！　前世でおばあちゃんちのトイレに置いてあったやつだ。

　トイレがつまったらこれで押すんだって言ってた。あれだ！　名前わかんないけどまさしくあれの形をしていた。

　どういうことだ。ここにきてなんでトイレがつまった時に押す棒が出てきたんだ。

「これは風魔法で近くの音をすべて吸い込む道具だ。以前、ちょっとしたいたずら心で作ってみたが活用方法が特になく放置していたが、今回の件には役に立ちそうだ」

　確かに周りの音を吸い込むなんてどこで役立てていいのかわからない。いや、今回の件では役立つだろうが。

「ただ、これも魔力を流していないと作動しないので魔力が高い者でないと使いこなせないな。

あと音を拾う範囲も魔力で調節しないといけないのでコツがいる。これも姿を見えなくする道具と同じくコツがいるものだ」

つまり姿を消す道具と音を消す道具を使える人に一緒にきてもらわなくてはならない。皆に協力してとは言ったけど、実際に危険な場所に来てとはお願いできない。

私が考え込んでいると、

「ではその使い方を教えてくださいますか？」

そう言ったのはキースだった。

「えっ、キース？」

びっくりしてキースを見ると、

「義姉さんは何が何でも自分で行くだろうから僕が行かないわけにはいかないでしょう。これでも魔力も高いし、器用な方だから魔法道具も使えると思うよ」

にこりと微笑んでそう言ってくれた。

「キース、ありがとう」

私がそうお礼を言うと――。

「カタリナ様、私もお供しますわ。私も魔力も高いですし、器用な方です。運動神経もいいとよく言われるんで」

「おい、メアリ、そういうんじゃないと思うぞ。あ～、ちなみに俺も魔力は高いし、それなりに器用ではあるぞ」

「カタリナ様、私も数々のスパイ小説を熟読していますので、ぜひご一緒させてください」

メアリ、アラン、ソフィアもそんな風に言ってくれた。

私はなんて頼もしい仲間を持ったんだろう。しかし、

「いや、さすがにこういった経験のない貴族のご令嬢や、ましてや王子が侯爵家に侵入するのはまずい」

ラーナがきっぱりそう言った。

私はそもそもよその家に侵入した経験のある貴族令嬢などほぼいないだろうし――ジオルドは王子だけど、ごろつき屋敷に一緒に侵入していたが――などとぼんやり思ったが、そこは口に出さなかった。

三人もラーナの言葉に異を唱えず、非常に残念そうな顔をしながらも頷いた。

そうして三人がちょっと沈んだ雰囲気を醸し出したところで、

「私が皆さんの代わりにご一緒します。ラーナ様にもすでに許可はもらっています」

マリアが決意を固めた目をしてそう言った。

「ラーナ様に許可を？」

いつの間にそんなものを取ったんだろう。

そんな私の疑問を読みとったように、

「ランドール家に確認しに行った時にそういう話になり許可を出した。万が一、フレイが怪我をしていた場合にはマリアがいれば心強い。それからもしランドール侯爵が闇の魔法に手を出

していた場合、対抗できる者は多い方がいいだろう」

ラーナがそう言った。

ランドール侯爵が闇の魔法を――確かに考えられない話ではない。

「だからカタリナにもできれば行って欲しいとその時から思っていたが……どうやら初めから行く気だったみたいだな」

ラーナが穏やかな目をしてそう言った。

「ええ、もちろん。だって言い出しっぺは私ですし、ポチがいるから自分の身も守れますから」

私は胸を張って答えた。

皆もそんなことは初めからわかっていたという顔だ。というか先ほどから私は行くという前提で話が進んでいるものね。

「うむ。ではカタリナ嬢。義弟くん。マリア嬢が決まりとして、こういうことに手馴れているソラにも同行をお願いしても大丈夫か？」

ラーナの問いにソラはこくりと頷いた。

「はい。そうなるだろうなと初めから思っていましたので問題ありません」

そうして、キースを助けに行った時もすごく活躍してくれたソラも一緒に行ってくれることになり、すごく心強い。

そして思い出せば、これはキースを助けに行った時のメンツとかなり被るな。

あの時はジオルドもいてくれたのだ。

王子なのにごろつきの屋敷に乗り込ませてしまって、今、考えると申し訳ないことをしたな。

今回はジオルドはいない。何気にいつも率先して手伝ってくれたジオルドがいないのは少し不安になる。そんなことを考えていた時だった。

「俺もメンバーに加えてくれ」

上がった声に皆の視線が集まる。

「えっ、ニコル様？」

意外すぎる人物の表明に私は聞き返した。

ニコルはすごい有能だけどなんていうか表ではなく裏で指示するタイプで実働隊ではない気がしていた。そういうのは苦手と思っていた。皆も同じようなことを思っていたのか驚いている様子だ。

そんな中でニコルは動じることなく、

「実は個人的にフレイ・ランドールには恩があるのだ。それを今回の件で返したい」

と口にした。

「ニコル様はフレイと面識があったのですか、生徒会では被らなかったのに」

不思議に思ってそう聞くと、ニコルは少し沈黙した後、

「ちょっとした会合のような機会があってね。そこでアドバイスをもらった」

そう答えた。これは詳しくは語るつもりがなさそうだ。しかし、フレイがニコルにアドバイ

スとはいったい何のアドバイスだろう。

「アドバイスとは？」

「……」

ニコルは無言だった。そこも話すつもりはないようだ。

「うむ。ニコル・アスカルト君は、確か風の魔力だったな。それならこの音すいとーると相性がよさそうだ。マリア嬢に道具を使いながら光の魔法も使ってくれとなると少し厳しいかもしれないという思いもあったので、君が行ってくれるなら頼もしい」

トイレのつまりを取るような棒に変な名前がつけられていることとか、メアリが小声で『人数足りないなら私でもよかったのでは』と小さく呟き唇を突き出していることとか、色々と思うところはあるけど、一番、気になったのは、

「ラーナ様は今回、ご一緒していただけないのですか？」

キースの時にはすごく心強かったラーナの存在。その後にもかなり助けられているのですっかり当てにしてしまっていた。また今回は特にラーナがいてくれた方がやりやすいかもと思っていたところがある。

「ふむ。一緒に行くか、迷ったのだが、ついて行くのとは違うやり方でサポートすることにした。そこでそれには他の皆の協力も借りたい」

ラーナはそう行って、考えたサポート作戦というものを話してくれた。

なんでもランドール家にはよくクレームが入るのだという。それだけ色々やっているという

ことだが、それらの件は金を握らせ権力で脅して闇に葬っているらしい。

そこで今回もそういったクレームを入れるのだと言う。それも同じ時に一気に。他の家なら何事かとなるがランドール家ならありえない話でないのだという。それを今回の残ったメンバーでやるという。

それはこっそり侵入するより危ないのではと心配になったが、その辺は堂々と身分を名乗っていけばかえって安全なのだという。

堂々と表からきた確かな身分の者にランドール侯爵は手は出せないと。

そこでメアリたちが私の噂について流したのではないかというクレームを入れにランドール家に行ってもらう。メアリたちが私と懇意にしているのは社交界でもよく知られている事実なのでそこで動いてクレームを入れてもおかしなことはないだろうという寸法だ。

このような役目をやれるかどうか聞かれたメアリは、

「カタリナ様の変な噂の件でクレームを入れるのですね。そう言ったことは慣れていますし、得意です」

どう慣れていて得意なのかは深く考えないことにした。とにかくメアリはやる気満々で後ろでアランがオロオロしていた。

「私もクレームを入れるなんて初めてのことですが頑張ります。クレーム事典を熟読して挑みますわ」

ソフィアもそう言って拳を握り、さらにアランをオロオロさせ、兄を遠い目にさせていた。

「ではメアリ嬢たちはそう言った役割で頼む。私の方も別に色々と動いてランドール家を混乱させる。そこでカタリナ嬢たちが入り込んでくれ」

ラーナの言葉に私は深く頷いた。本当に頼もしい。

ラーナが来てくれるまでどうしていいのかまるきりわからなかったのに、気付けば屋敷に入り込んで無事にフレイを救出する計画ができ上がっていた。

「ラーナ様、ありがとうございます」

告げた言葉にラーナは目を見開いてそして私にだけ聞こえる小さな声で、

「私の方こそ礼を言いたい。他人であるフレイのためにここまでしてくれてありがとう。何も気付かずにいた愚かな私にこの救出に参加する機会をくれてありがとう」

と告げた。そう言ったラーナの顔はどこか泣き出しそうに見えて、胸がぎゅっとなった。

ラーナにもきっと色々とあるのだろう。

そうして姿を消す道具をキースが、音を消す道具をニコルが練習することとなった。

扱いが難しいと言われていた道具だったけど、さすがスペックの高い二人、すぐに上手に使いこなせるようになった。

そのため作戦の決行は翌日に決まった。

元々、フレイのことを考え間をあけない方がいいのではないかというのと、あまり長くこうしているとランドール侯爵に気付かれるかもしれないということから翌日実行が決まった。

そして明日(あす)はまず魔法省に集まることを決め私たちは家へと帰った。

家に帰りいつものように家族とご飯を食べて、休むための身支度を整え始めた頃だった。

ふと窓の外を見ると見慣れない人物が屋敷に入ってくるのが見えた。

まさかランドール侯爵に作戦がバレて、その関係者がやってきてしまったのかと慌てて部屋を出て玄関の方へ行くと、窓から見えた人物が客間へ案内されようとしていた。

ランドール家のものならば、何か言い訳をしなくてはまずい。私は特に策もないままにその人物の前に出た。

その人は服装こそいいものを着ていたが、くすんだ茶色の髪に瞳で特に特徴のない平凡な顔立ちだった。なんというか社交界で会ってもすぐに忘れてしまいそうな見た目だった。

その人は私が前に出ると、とても驚いた顔をした。

初めて会う人のはずだった。見覚えがない顔だ。そう思っていたけれどその表情、私を見る瞳に親近感を覚えた。

ああ、私はこの人をよく知っている。

「……ジオルド様」

私がそう口にすると、目の前の人物は目を大きく見開き先ほどよりさらに驚いた様子を見せた。

「……どうして」

その声は聞き覚えのあるジオルドのものだった。

「やっぱりジオルド様だったんですね」

私がそう言って微笑むと、ジオルドは自分の顔を手で触り、

「変装が解けていますか？」

後ろの使用人を振り返りそう尋ねた。

使用人は大きく首を横に振って「いえ、完璧です」と答えた。

そうかこのいつもと違う見た目は変装だったのか、ラーナやラファエルがやっているようにやったのかな。

「……この見た目で僕だとわかるはずはないと思ったのですが」

ジオルドがどこかシュンとした様子でそう言った。

なんだか落ち込ませてしまったようで申し訳ない。

「あの、パッと見はわからなかったです。でも表情とかこちらに向いている目の雰囲気とかで、ああ、ジオルド様だなって」

必死にそう言い繕うと、今度はジオルドが手で顔を覆って俯いてしまった。

しまったもっと落ち込ませてしまった！

「あの、でもそのよく見なければわからない素晴らしい変装だと思います」

とにかくなんとか気持ちを浮上させてもらおうとそう褒めたのだけど、手を離して顔を上げたジオルドの顔は笑顔だった。

「えっ！」

「すみません。変装がばれて落ち込んでいたのではありませんよ。むしろこんなに姿を変えてもすぐに僕だと気付いてくれた君にぐっと来ただけですよ」

「……え～と、落ち込んでいないなら何よりです」

完全に落ち込ませたと思って焦ってしまったよ。ん、というかそもそも、

「なんでこんな時間にうちにいるんですか？」

根本的な疑問を口にするとジオルドは小さく瞬きした。

「……その、アランに明日のことを聞いてカタリナのことが気になってしまって、少しでもいから会って言葉をかけたいと思って……この時間になればランドール侯爵の手の者も張り付いていないので、こっそり変装してきてしまいました」

ジオルドにしてはやや歯切れの悪いその言葉を要約すると、

「つまり、私を心配して来てくれたんですか？」

「……そうですね。それと僕自身もしばらく会えなかったから君の顔が見たくなったんです」

そう言ったジオルドの頬は少しだけ赤みがかっていた。

ジオルドはずっとランドール家の見張りの中で生活しているのだ。そしてその疲れを周りに見せないように振る舞っている。きっと疲れも限界に近いのかもしれない。

周りにそう思われているからか、ジオルド自身も完璧な王子様を演じなきゃいけないと思っているのかな。そうだとしたらそれは辛いな。

私はジオルドのいつもとは色の違う頭にそっと手を伸ばし撫(な)でた。ジオルドの疲れが少しでも取れてくれればいいと願いながら。

「……カタリナ」

ジオルドが口を開きかけたその時、

「ちょっと義姉さん。誰？　その人？　知らない人にそんなことしちゃいけません」

とお母さんもといキースがずささささとやってきた。

「えっ、キース。この人は――」

私がジオルドだというより早く、キースが私をばっと捕獲して引きはがし威嚇するようにジオルドを睨(にら)む。

「どこの誰だか知りませんが、うちの義姉さんに気軽に触れないでください」

いや、触れてたのは私の方なんだけど。

「はぁ～、相変わらず過保護な義弟ですね」

ジオルドがそう言って眉をひそめた。

その声を聞いてキースがぎょっとした。

「えっ、その声はジオルド様!?」

「そうです。今、色々と周りが騒がしいので変装してきたんです。ということで僕の婚約者をこちらに返してくれますか？」

「いえいえ。ジオルド様とわかればなおさら、義姉に近づけるわけにはいきません」

「どういう意味ですか？」

「そのままの意味です」

ジオルドとキースはその後も笑顔でやり取りしていた。ジオルドの疲れた顔も少しだけすっきりしたようでよかった。

気心しれた幼馴染に会えて気持ちを浮上できたのかもしれない。

「はぁ～、せっかく少しでもいいからカタリナと会って話したいと思ってやってきたというのに君とくだらないことを言いあっているうちにもう時間になってしまったではありませんか」

キースとやり取りしていたジオルドが心底嫌そうにそう言った。

「えっ、そんなにすぐ帰るんですか」

ものの十数分くらいしか経っていない気がするけど、

「残念ながらまだ見張りが厳しいのでこういった外出は難しくて……時間がほとんど取れないのです。今日もカタリナを一目だけ見られればいいと思って来ただけですから」

ジオルドが眉を下げてそんな風に言った。

やっぱりすごく疲れているんだな。

「カタリナ、くれぐれもくれぐれも明日は気を付けてください」

真剣な目でそう言ったジオルドに私は頷いて、

「はい。無事にフレイを救いだして、ジオルド様の窮屈な生活も終わりにしてみせます」

そう宣言した。

ジオルドは目を見開いた後、その綺麗な目を細め笑った。

そして去り際にキースに、

「僕の分もしっかりカタリナを守ってください」

と言葉をかけた。

「あなたに言われなくてもそのつもりです」

キースの答えにジオルドは小さく頷き、見送りはいいからと静かに去っていった。その背中はなんだか寂しそうに見えた。

私はその背中に『もう少し待っていてね。きっと元通りの日々を取り戻すから』と心の中で声をかけた。

いよいよ明日はフレイ救出作戦の決行日だ。


翌朝、目覚めると、天気はどんより曇り空だった。なんとなく気持ちが盛り上がらない。快晴とはまではいかなくとも天気であって欲しかった。

ううん。雨でないからよかったよ。雨に濡れると気配を消して入り込むのが難しくなるかもしれないものね。

いつものようにアンに手伝ってもらい身支度を整え私はキースと共に集合場所である魔法省へ向かった。

昨日と同じ魔法省の一室に皆がそろうと作戦の最終確認、打ち合わせを行う。

「では、皆、くれぐれも無理はせずこれ以上は危険だと思ったらそこまでにすること」

ラーナのその言葉に頷き、それぞれ別の馬車で時間をずらして目的地付近へと向かった。

私、キース、マリア、ソラ、ニコルの救出実行隊は、こっそり侵入しなくてはいけないので動くのは最後だ。

ランドール家から少し離れた人目につきにくい場所でラーナからの合図を待つ。

メアリ、ソフィア、アランは堂々と名乗り出て正面玄関から入っていく。

ラーナは別に動くということだけどもう入っているのだろうか？

それから合図を打ち上げるとか言っていたけど、打ち上げる合図ってなんだ。のろしみたいなものだろうか。

そうして私たちは待機して、しばらくランドール家の屋敷の上に視線を向けていると、ドーンという大きな音と共に屋敷の上に花火が打ちあがった。

「えっ、合図ってまさかこの花火⁉」

驚いて思わず声をあげてしまう。

「……きっとそうだね」

キースがどこか遠い目をして肯定してくれた。他の二人もなんとも言えない顔をしていた。

何はともあれ合図があったので、活動開始だ。

キースが姿が消える魔法道具を使い皆の姿を消し、ランドール家へ向かう。

この姿が消える魔法道具、すごく都合のいいことに、使っている範囲にいる私たちは自分や仲間の姿を見ることができるのだ。

なんというか使用するものが指定した範囲の姿を見えなくするというものらしい。仲間も見えなくなったら移動しにくいのですごくちょうど良い道具だ。

ただ代わりにその範囲から出てしまうと姿が出てしまうので注意が必要だ。そのため私たちはぴしりと一列に並んで進む。

ランドール家からは時たまドーンと音が響き見上げれば綺麗な花火が空に咲いている。いやラーナ、何発花火上げるつもりなの。

ラーナとメアリたちのお陰でランドール家は非常にバタついていた。裏門の護衛たちも花火を見て何事かとソワソワしていてこっそり透明な一団が入り込んだことにも気が付かなかった。

第一関門突破である。

「おい、あの花火はなんだ？」

「今日はお嬢様が来ているからまた何かしでかしているんじゃないか」

「ああ、あの人ならやりかねないいな」

使用人たちがそんな風に話しているのが聞こえてきた。こんなことをやりかねないとされるラーナの認識って大丈夫だろうか。

そうして慌ただしくしている使用人は見えず音も出ていない私たちに気付かない。

ニコル、私、ソラ、マリア、キースと並びながらニコルの肩に乗ったクマの指す方へと進んでいく。屋敷の中央の方へとどんどん行く。これは予想通り中央の部分にある地下室に閉じ込められている可能性が高いな。

「おい、あのハント家とアスカルト家のご令嬢とやら、かなりまずいみたいだぞ。ベテランの使用人でもなかなか苦戦する曲者たちらしい」

「そうなのか、遠目に見えたけどどちらも綺麗な女性だったけど」

「見ためはな。ただ口を開くとどちらもすごいようだ。これは長丁場になりそうだから、気を付けろって伝達もきたぞ」

「はぁ～、人は見かけによらないものだな」

今度はメアリとソフィアの情報が入ってくる。二人とも色々と頑張ってくれているようだ。

私も頑張らなくてはと意気込んで進んでいく。

ただ今回は、前のごろつき屋敷に侵入した時と違い屋敷の人々に気付かれたらまずいので、鉢合わせするのはとても危険だ。

私たちは姿こそ見えなくなっているけど実体がないわけではないからぶつかる可能性もある。

そうなればさすがに使用人も不審に思うだろう。

そこでニコルが魔法道具を使いながらも風の魔法で周りの音を集め、人が近づいてきたら上手に止まって私たちを端に誘導してくれる。ランドール家は家と同じく廊下も無駄に広いのでそれでぶつかることはない。

これニコルがいなかったらここまでスムーズに行かなかっただろうな。そう思うとニコルが一緒にきてくれて本当によかった。

こうして私たちはいくつかヒヤッとしたことこそあったが、無事に誰にも気が付かれることなくクマが示す屋敷中央部へと進んだ。

そしてついにクマがある部屋の扉を指さした。『ここだ』というような顔で。

ニコルが周りに人がいないことを十分に確認して扉に手をかけた。もしかして鍵がかかっていて開かないかもしれないという思いがあったが、あっさりと扉は開いた。

皆で急いで中へと入ると、そこは客室か何かのようだった。扉右側にはソファと椅子机のセットがあり、反対側にはベッドが用意されている。中央にはそれほど大きくない本棚。

客人が泊まる時に使う部屋といった感じだ。クラエス家にもこういった部屋はある。

ただこんな屋敷の中央部分にそのような部屋があるのは少し珍しいと思う。うちもそうだけど客室はわりと離れのほうに作られていることが多いから。

私がそんなことを考えている中、先頭のニコルがスタスタと進み始め、そして何を思ったか本棚を動かし始めた。音を吸い取っているから音はしなかったけどきっと本来ならゴゴゴゴとか音が鳴ったと思う。

そしてそんなニコルの行動に目を丸くしていると本棚の裏にもう一枚扉が現れた。

これは、この乙女(おとめ)ゲーム『FORTUNE・LOVER』でよくあるやつ！　隠し部屋だ！

ニコルはその扉を躊躇(ちゅうちょ)なく開けて中に入っていく。

大丈夫かなと思いつつ、私たちも後に続く。

扉の先は短い廊下になっていた。その廊下も人がすれ違えるくらいに広い、その先に行くと今度は下に続く階段があった。これが夢で見た地下室かもしれない。

ニコルが階段の前で立ち止まりいざという時のためにと持っていた、紙とペンでさらさらと文字を書きこちらへと見せた。そこには、

『下に人がいる。おそらく二人』と書かれていた。

もしかしたら一人はフレイかもしれないが、もう一人は誰なのだろう。胸がドクドク鳴る。

私は頷き、ニコルも頷くと先ほどよりゆっくり慎重に階段を下り始めた。地下へ続く階段だからかほんのりと薄暗い。

私たちの姿は消えたままだし、音も吸い込まれているので出ていない。

この状態の私たちが下りていってもバレないとは思うけど、もし二人のうち一人が本当にフレイならここから連れて出ないといけない。

その場合、もう一人にそれを気付かせないとかいうことはさすがに無理だ。

薄暗い階段の先にぼんやりとした光が見えた。そこを遮る扉はないようだった。階段を下りた後、また上にあったような短い廊下を抜けるとそこには部屋があるようだった。その部屋へ、明かりの元へと行くとそこには――。

『フレイ!?　サラ!?』

私が思わず発してしまった声はニコルの持つ魔法道具によって吸い取られ音となることはなかった。お陰で二人はこちらに気付くことはなかった。

そこにいたのは予想通り、探していたフレイとそしてまったく予想していなかった黒髪の女性サラだった。

デューク家で闇の魔力の実験に使われていたという彼女はそこから解放されてもまた別の誰かの手で使われ、今も闇の魔力に関わっているらしい。

私はこの話を聞いてから彼女ときちんと話をしてみたいと思っていたが、上手くはいっていない。

しかし、そんなサラがここにいるということは——私はフレイをじっと見つめた。

フレイは目を閉じて簡易なベッドに横たえられていた。そしてその身体にうっすらと黒い靄が絡みついている。

キースの時ほど真っ黒ではないがこれは間違いなく闇の魔法が使われている。

キースは衰弱していて本当にあぶなかった。

このままではフレイも同じようなことになってしまうかもしれない。すぐ後ろのソラを振返ると、その顔はこわばっていた。これはソラも気付いている。

手遅れになったらまずい。私は列を飛び出しフレイの元へと駆け出した。

サラのことが気にならなかったわけではない。だけどそれよりフレイがこのまま死んでしまうのではないかという思いが強かったのだ。そう思うともう行かずにはいられなかった。

ベッドの横に立ち、冷たい目でフレイを見下ろしていたサラが突然現れた私にぎょっとした顔をして、

「お――」

何か叫ぼうとしたらしいがその声は吸い取られた。ニコルが魔法道具で吸い取ってくれたようだ。

私はそのままフレイのいるベッドへと乗り込んで、黒い靄に手をかけようとしたが触れることはできなかった。

そうだ！　これはそのままではいけないんだった。私はポチを呼び出した。

「ポチ」

その呼びかけに応えてポチが陰から飛び出てきた。するとフレイにまとわりつく靄に触れることができた。よし、思った通りだ。

私はそのままフレイの靄にキースの時と同じく手を伸ばした。

すると、それはまるで床に落ちていた埃を手でとるように簡単にするすると取れていった。

あまりに簡単に剥げたことに少しあっけにとられつつも、すべて剥ぎ取ると、キースの時のようにフレイに呼びかけた。

「フレイ、フレイ」

フレイを抱きかかえて名を呼んだ。固く閉じていた瞼がピクリと動き、うっすらと目が開いた。

「フレイ、大丈夫？」

まだぼんやりと虚ろな目をまっすぐ見つめてそう声をかけると、

「……本当に助けにきてくれた嘘みたい」

フレイは小さな声でそう言うと幸せそうに微笑んで再び目を閉じた。

「フレイ!?」

慌ててまた起こそうとしたけど、聞こえてきたのは穏やかな寝息だったのでほっとしてそのままフレイをベッドにゆっくりと下ろした。

マリアもベッドへやってきて光の魔法をフレイにかけ、

「大きな怪我はなさそうですね」

と言ってくれた。

とりあえずほっとしてようやく後ろを振り返れば、サラが拘束されていた。頼もしい仲間が動いていてくれたのだ。

「また考えなしで動いてしまってごめんなさい」

私は皆にそう頭を下げた。

「この場合は――まぁ、仕方ない。俺もあんたが先に動かなかったら動いてたかもしれない」

「私もです」

キースの時を知っているソラ、マリアはそう言い、ニコルは、

「結果、フレイ・ランドールも無事だったようなので問題ない」

と言ってくれた。

皆、優しい。でも今後は気をつけなくてはいけない。

そうして皆に謝ったところで私は縄で腕を縛られそれをソラに押さえられているサラに目を向けた。サラもこちらを見て目線があった。

「また会ったわね」

サラが淡々と言った。拘束されているというのにそこに気を留める様子がなくて違和感を覚える。

「どうしてフレイに闇の魔法をかけたの？」

私の質問にサラはあっさりと、

「依頼されたのよ。この屋敷の主(あるじ)に自分の言うことを聞くようにしろって言われたの。でもこの子、意志が強くて苦戦していたの」

そう答えた。

ランドール侯爵は言うことを聞かないフレイにじれて闇魔法でなんとかしようとしたのか。なんてひどい人なんだろう。

「私たち、この子をそんなひどい人のところに置いておきたくなくて助けにきたの。だからこの子は連れていくわ」

眠るフレイの手を握りながらそうサラに言うと、

「好きにすればいいわ。私は言われたことはやったからもうどうでもいい」

そんな答えが返ってきて、皆が驚いた様子を見せる。

サラがここにいた時点で、サラと魔法を交えなくてはいけないと皆、覚悟していたのかもしれない。私も初めはそう思った。

だけど、フレイにかかっていた闇魔法を解いた時、あまりにあっさりと取れた闇の靄に違和感を持った。

これはいつものサラの魔法ではないみたいと。何度かサラの魔法と対峙しているからこそわかった。この魔法には本当にかけようという気が感じられないような気がした。

貴族に支配され続けてきたサラは、自分と同じようなフレイの境遇を聞いてあまり積極的に闇魔法を使わなかったのではないか、そう思った。

だから私はこのサラの態度に驚くことなく、やはりそうだったんだなと思った。そして、

「あなたはどうする。一緒にくる?」

気が付けばそんな風に聞いていた。サラに手を差し出していた。

サラが大きく目を見開いた。そしてそのまま呆然としたように固まると、少しして顔を歪めた。

「やっぱりあなたと会うとざわざわする」

「えっ、ざわざわって――」

「今日はもう仕事が終わったから戻るわ」

サラがそう言った時だった。前にもあったことのある暗闇がばっと広がった。

「はっ、なんだこれ」

サラを拘束していたソラのそんな声が聞こえて、闇が消え辺りが見えるようになるとそこにもうサラの姿はなかった。

「……どおりでろくに抵抗する様子がないと思った。いつでも簡単に逃げることができたからだったんだな」

ソラが残された縄を握ってそう呟いた。

「ランドール家の者に僕らのことを知らせにいったのかもしれない。急いだ方がいいんじゃないですか？」

キースはそう言ったけど、

「たぶんあの感じは大丈夫だと思う。そもそもフレイに闇魔法をかけるのも乗り気ではなかったみたいだし」

私がそう言うとマリアが目をぱちくりとして聞いてきた。

「カタリナ様、わかるんですか？」

「何度か魔法を交わすようになったらなんとなく」

と答えると他の皆もひどく驚いた顔をした。

「うむ。気になることも多いが、とりあえず急いだ方がいいのはその通りだ。サラという女性がどう出るかはまた別としてもここにいつまでもいるのは危険だ」

ニコルのその言葉に皆、頷いてここを出る支度を始める。

キースは消える魔法道具をニコルは音を消す魔法道具をそれぞれ使っているので眠っている

フレイはソラが運ぶことになった。お姫様だっこで運ぶのかと思ったけどおんぶだった。その方が運びやすいのだそうだ。

準備ができ、さぁ、階段を上ってまたランドール家の一階へと慎重に出る。

サラがランドール家の人間に私たちのことを告げていれば人が来ているかもしれないと警戒したが、誰もおらずそのままバレることなく廊下に出ることができた。

メアリたちやラーナのお陰でランドール家はまだバタついていた。

使用人たちは面倒なことになったと急ぎ足で行き来している。皆、非常時のためか真ん中あたりを速足で歩いているので大きな廊下の端を進む私たちに気付くことない。

それでもぶつかったらバレてしまうので慎重に進んでいく。もう少しもう少しと進み、あと少しで出口というところで、

「まったくランドール家の使用人ともあろう者たちがなんてざまだ」

怒鳴り声をあげて男性がドスドスと歩いてくるのにぶち当たってしまった。

男を目にした使用人たちがさっと廊下の脇(わき)へと身を寄せる。

私たちはすぐに反応して動き、使用人がいない場所に固まって逃げ込んだ。しかし、その両隣には使用人たちが立っていて少し動いてこちらへ来られればバレてしまう距離であり気が気ではない。

「まったくなんなんだあの娘は、それに文句を言いに来た面倒な令嬢たちもさっさと帰してしまえ」

男がイライラしたようにそう吐き捨てる。

「あの、ですが名のあるご令嬢たちですのでそう簡単には追い返せません」

使用人の一人がおずおずとそう返すと男はその使用人にドスドスと近づき手を振り上げた。

その手が振り下ろされるとバチンと大きな音がして使用人が床に倒れた。

「それをなんとかするのが貴様らの役目だろう。愚図どもめ」

使用人は床に倒れながらも頭を下げ、か細い声で「申し訳ありません」と言った。

目の前で行われる理不尽な暴力と言葉に目を背けたくなる。なんてひどい男なのだろう。

「わかったらさっさと動け、愚図どもが！」

男がそう怒鳴ると、使用人たちはびくりと肩を揺らし慌てて動き始めた。

その時、一人の使用人が私たちの元へとやってきてしまった。状況からも咄嗟に動けなかったソラに少しだけその使用人があたってしまった。

何もないところで何かにあたった違和感にその使用人はすぐ気付いた。

「ん、なんだ？」

使用人が不思議そうな顔をした。

「おい、愚図が何をしているさっさといけ」

男がそんな使用人を目にとめ、そう怒鳴ると使用人は「ひっ」と小さく声をあげながらも、

「あの、侯爵様、ここに何か――」

そう口にした。

この男がランドール侯爵だったのか、話に聞いていた通りだ。

そしてこのままでは一番気付かれたくない人物に気付かれてしまう。まずい！　そう救出隊皆が思ったであろう時だった。

「また使用人に暴言や暴力を振るっておられるのですか、侯爵」

その場にそぐわない軽やかな声がして、黒髪で妖艶な雰囲気の美女が現れた。

「くっ、スザンナ。まだ居たのかお前は」

侯爵が苦虫を噛みつぶしたような顔になり吐き捨てるようにそう言った。

「あら、せっかく久しぶりに娘が実家に帰ってきたのに、その言いぐさはひどいですわね。侯爵」

その女性、スザンナ・ランドールはそう言って優雅に笑った。

「何が娘だ。俺の言うことを何ひとつ聞かないお前などもはや娘でもなんでもない。もう一度、娘だと思ってもらいたければ、ジェフリー王子と婚姻しろ。さっさと既成事実でも作って子をなせ」

ランドール侯爵は吐き捨てるように言ったが、スザンナは気にした風もなくにこりと微笑んで、

「あなたのような人に娘と思ってもらわなくても一向にかまいませんので、そのお話はお断りします」

と言った。

それを聞いたランドール侯爵の顔がかっと赤くなった。侯爵はスザンナに近づくと先ほどのように手を大きく上へ掲げた。先ほどの使用人と同じように今度はスザンナを殴りつけるつもりだ。喉がひゅっとなる。道具で吸い取られていたので音にはならなかったけど。

スザンナは逃げることなくまっすぐ侯爵を見つめたまま、

「私を殴れば、私の身の安全を知らせる道具でまたジェフリー様に連絡がいきますが、今度こそ派閥筆頭を下ろされるかもしれませんね」

と淡々とした口調で言った。

侯爵はびくりと身を揺らし寸前で手を止め、拳を握りしめた。そして、

「……もういい。さっさとこの屋敷から出ていけ！」

吐き捨てるようにそう言った。

「そうですか、ではお別れに一つ」

スザンナはそう言うとさっと袖からロケット花火のようなものを取り出し、屋敷の中心部に向かって発射した。

ひゅんひゅんとロケット花火が飛び交い使用人たちも大騒ぎだ。ランドール侯爵もさらに顔を真っ赤にして、

「ふざけた真似ばかりしおってこの疫病神が、おい、愚図どもさっさとなんとかしろ‼」

そう叫んでいた。

花火を発射し終えたスザンナがこちらをちらりと見た気がした。もしかして気付いていた？

真相がわからないまま、私たちはそうして大騒ぎになり皆がバタバタしている間になんとかその場を逃げ出し、ランドール家から脱出することに成功した。


念のために馬車までは姿を消し、こっそり止めていた馬車に乗り込むと少しだけ息をついた。

皆で顔を合わせ「お疲れ様」と言い合えばすぐに馬車を出発させた。

目指すのはバーグ公爵家、セリーナの実家である。

フレイを救出できたらそのままバーグ家へ連れていき保護してもらうというのはセリーナが出してくれた案だった。

ランドール家と同等かそれ以上の権力を誇るバーグ家に保護してもらうことは、一番、安全であると皆で話し、お言葉に甘えさせてもらうことにしたのだ。

やがて馬車はセリーナに招かれて何度か訪れたことがあるお屋敷に到着した。

セリーナが私たちについて話を通していてくれたようで、すんなりと敷地にいれてもらい、門まで乗り付けた。

馬車から降りるとセリーナが外まで来て待っていてくれた。

「カタリナ様、ご無事にご帰還されて本当によかったです」

そう言って微笑んでくれたセリーナに、私は頭を下げる。

「セリーナ、無理を言ってごめんなさい。お言葉に甘えてフレイをお願いしたいのだけど、本当に大丈夫？　ランドール侯爵に何かひどいことをされたりしない？」

　先ほど見たランドール侯爵の姿が脳裏をよぎる。容赦なく繰り出される暴力と悪意ある言葉、話で聞いていたよりもずっとランドール侯爵という人物の危険性を感じることができた。だからこそセリーナに危害が加わるのではないかと改めて不安に思った。

　だけど、セリーナはなぜかきょとんとした顔をして、

「そこは御心配には及びません、ランドール侯爵の嫌がらせなど慣れていますから」

　とにこりと笑った。

「えっ、慣れてる？」

　聞き間違いかなと聞き返したが、セリーナはこくりと頷いた。

「はい。イアン様の婚約者に決まった時から悪口、陰口はもとよりドレスを汚されたり、嘘を教えられたりランドール家と派閥の人たちにはそれは色々とされてきていますから今更ですよ」

「……」

　信じられない事実に言葉を失う私とは対照的にセリーナはニコニコと語る。

「それにこちらにもしっかりした派閥があるので、あちらも本当に危ないことはできないですからまったく問題ないですよ」

　あの誘拐事件の後から交流を持つようになったセリーナ、薄々感じてはいたけど、

「セリーナって実はかなり強い心の持ち主？」

思わずポツリと呟いたのをセリーナ付きのメイド（何度か面識あり）が聞きつけたようで、

「はい。セリーナお嬢様はお心が強い方ですよ。そうでなければ大きな派閥を持つ王子の婚約者を長年務めてなんておられませんよ」

とこっそり教えてくれた。

初めて会った誘拐事件の時は闇の魔法でがっつり負の感情をひっぱりだされて弱気になっていたようで、本来のセリーナは小動物のように可愛らしい見た目とは裏腹に実は結構、強いメンタルの持ち主なようだ。

ただやはりイアンの気持ちがわからなくて弱気にはなっていて、そこにつけこまれたという感じだそうだ。イアンの気持ちを知った今はそれこそ最強になったらしい。

「元々、立場柄、ランドール侯爵とはいつも対立していがみあってますから、今更その種が一つ二つ加わったところでどうってことありませんわ。お父様にも許可を得てますから私に任せてください」

そう言って自らの胸をポンと叩(たた)いたセリーナの心強いこと心強いこと。私の肩にはっていた気が一気に抜けた。

「……ありがとうセリーナ。よろしくお願いします」

「はい」

セリーナはにっこりと微笑んだ。

そしてセリーナの配慮で私たちは客間で休ませてもらい。

フレイはベッドがある部屋に運んで医師に診てもらうという。

こういう事態を想定して早々に医師も手配してくれていたらしい、本当に頭が下がる思いだ。

セリーナが準備してくれた部屋で私たちはお茶をいただいてほっと息をつく。

決してバレてはいけない侵入、救出、皆、気を張っていたと思う。

「皆、協力してくれてありがとう」

私は皆にそう言って頭を下げた。特にこの四人にはとても危険なことをさせてしまった。

「自分から協力するって言ったんだからいいんだよ」

「はい。私もです」

「俺もだ」

キースは笑顔でマリアも微笑んで、ニコルはいつもの無表情でそう言ってくれた。ソラも仕方ないと言った感じに肩をすくめてにっと笑顔をくれた。

私は本当に人に恵まれているな。そう噛みしめていると、他の協力してくれたメンバーもバーグ邸へとやってきた。

「カタリナ様、ご無事で何よりです」

メアリがそう言って部屋に飛び込んできた。

後ろからはソフィアが、

「すごくドキドキしました」

と目を輝かせて、その後ろからはアランがげっそりとやつれた顔をして入ってきた。

「メアリ、ソフィア、アラン様、ありがとう。三人も無事でよかった」

私がそう頭を下げると、

「いえいえ。お礼を言われるほどのことはしていませんから」

「むしろちょっとワクワクしたくらいですわ」

「別にそれはいいが……次があったらこの二人と一緒は遠慮させてくれ」

三者三様に答えてくれた。

少し話を聞くとメアリがノリノリでかなりの圧でクレームを入れ、それに便乗してソフィアもどこかの本で読んだクレーマーの役に入り込んだようで熱演し、それはそれは見事な圧あるクレーマーを演じてくれたようだ。しかし、そんな二人の勢いがすごすぎてアランはそのフォローにヘトヘトになったようだ。

アランには申し訳ないことをしてしまったと思いつつ、とにかく皆が無事でよかった。

「私たちも頑張りましたが、ラーナ様がお願いしてくださったスザンナ・ランドール様はもっとすごかったんですよ。何と何と屋敷で花火まで上げられたそうで、もう私たちを相手にしている使用人たちもあわあわしてました」

ソフィアが目をキラキラさせてそんな風に言ってきた。

そうスザンナはラーナがお願いして協力してもらったということになっている。

「本当に、夜会で何度かお会いしたことがありますが、もっと穏やかな感じであのように破天荒な部分があるなんて思いもよりませんでした」

と自身はランドール家に凄まじいクレーマーとしての印象を強く残したであろうメアリが言う。

「俺もそこまで面識がなかったから今回のことは驚いたぞ」

アランもそうコメントした。

「ラーナ様にかなり派手にして欲しいと言われて頑張ってくださったのよ。きっと私はお願いした立場もあり、そうフォローしておいた。きっとまだ事実が明らかになるのは望んでいないと思ったから。

そうしてスザンナのすごさや、メアリたちの活躍、私たちの潜入の話をしていると、ラーナもやってきた。

「お疲れ様、皆、無事でよかった」

開口一番、そう言ったラーナの顔はどこか清々しい様子だった。

「ラーナ様がたくさん協力してくださったお陰で、無事にフレイを取り戻せました。ありがとうございます」

そう口にすると、ラーナは、

「いや、すべてはこうして動いてくれたカタリナのお陰だ」

と目を細めた。

ラーナにも私たち、メアリたちがどうだったか報告し、そして、

「それでフレイはセリーナの好意で医師に診ていただけて、身体は問題ないということでまだ

眠っています。もしかしたら闇の魔法の影響でしっかり目を覚ますのはしばらく後になるかもしれませんが」

とフレイについて報告した。

闇の魔法のことは医師には話していないが、キースの時のことと照らし合わせてそうなる可能性が高いと話したのだ。

ラーナは途中で「やはり闇の魔法を使われていたか」と呟き暗い顔を見せたがフレイが問題ないとわかるとほっとした顔になった。

話が一段落し、借りた魔法道具をラーナに返しているとノックと同時にドアが開き、

「あの、フレイは、フレイは大丈夫ですか⁉」

そんな叫びと共にジンジャーが転がり込むように部屋へと入って来た。

バーグ公爵家に着いてからフレイを無事に救出できた旨の連絡をしたので、それを受けて慌てて飛んできたのだろう。髪はぼさぼさで汗だくで息も切れている。

「ジンジャー。フレイは大丈夫。ただ今は疲れて眠っているわ」

私がそう言うとジンジャーはほっとした顔をして、そしてそのまま床にへにゃりと座ってしまった。私が慌てて駆けよると、

「……よかった……よかった」

ジンジャーは半べそをかきながらそう繰り返した。

ランドール侯爵に気付かれないためにジンジャーには動かないでもらったわけだけど、フレ

イとランドール侯爵の事情を詳しく知っているジンジャーからしたらそれは心配だっただろう。

私は半べそをかくジンジャーの頭を撫でた。

私の手に一瞬、びくっとなったジンジャーはその後、顔をくしゃりとしてもっとべそをかいてしまった。

ジンジャーの気持ちが落ち着くまで撫でてあげようと思っていると、またドアがノックされて、バーグ公爵家の使用人が顔を覗かせ、

「フレイ・ランドール様がお目覚めになられました」

と告げた。

てっきりキースの時と同じようにしばらく目を覚まさないかもと思っていたフレイが目覚めた。私たちは驚きつつ、それでもすぐに目を覚ましてくれて心から安堵した。

フレイ、よかった。

まだ滞在してくれていた医師に軽く診察してもらいやはり問題はないようだと聞いたので顔を見せてもらうことにした。

目覚めたばかりのところに大勢で押しかけるのはどうかということで、私とジンジャーが代表していくことになった。

憧れているラーナにきてもらえばフレイも喜ぶのではないかと言ったけど、ラーナは静かに首を横に振った。

「彼女にはまた改めて会いに行くから今はまだいい」と言って。

そして私とジンジャーはフレイが休んでいる部屋に案内されたのだが、その途中でセリーナが「少しだけいいですか」と声をかけてきた。

セリーナは先ほど確認したのですがと前置きして話してくれた。

なんでも起きたフレイがジンジャーのことをやたら気にかけていたので、よくよく事情をきくとフレイはランドール侯爵に「お前がこのまま逆らうならジンジャー・タッカーの家をつぶす」という脅しを受けたらしい。そのこともあり屋敷から本気で抜け出すことができなかったようで、今も助けてもらったことにはすごく感謝しているが、ジンジャーとその家族が無事なのか心配しているとのことだった。

この話を聞いてジンジャーは唇を噛みしめた。確かジンジャーの家は田舎(いなか)にあるそれほど裕福ではない貴族だ。ランドール侯爵にかかれば潰すことなど造作ないだろう。

しかし、そんな脅しまで使っていたとか、ますます姑息(こそく)で嫌な奴(やつ)だな、ランドール侯爵。

そんなランドール侯爵とは真逆ともいえるバーグ家のご令嬢セリーナは、

「それでよかったら、私の方でジンジャーさんの家も含めて保護対象とさせてもらえればいいかなと思うのだけど、どうですか？」

というものすごく懐の深い提案をしてくれた。

「ありがとうございます。正直、家族とはあまり関わりがないので家のこととかどうでもいいと思っていた時期もあったのですが、あの家に何かあるとよくしてくれた使用人の人たちにも迷惑がかかってしまうので、私自身が彼らにちゃんと恩を返せるまで保護をお願いさせていただければ幸いです」

ジンジャーはそう言ってセリーナに頭を下げた。

セリーナは優しく微笑んで頷いてくれた。その姿は後ろに光がさしているかのようにすら見えた。

そんな女神のようなセリーナと別れ、フレイがいるという部屋の前に着いた。

ノックをして中に入ると、奥のベッドにフレイの姿があった。横になっているかと思っていたけど身体を起こしていた。

ランドール家で見た時、真っ青だった顔色が少しよくなっている。

私たちが来たことに気付き、フレイは、

「カタリナ様、ジンジャー」

そう声をあげて起き上がろうとしたので、私は、

「まだ寝ていたほうがいいわ」

と声をかけたが、フレイは、

「いいえ、もうほとんど大丈夫なので」

そう言って起き上がろうとしたけど、その前にずんとジンジャーが立ちはだかった。

「……私の家のことで脅されてたって、あんたにひどいことしてきた親に従えって言われたって……」

唇を噛みしめ目に涙をいっぱい溜めたジンジャーを、フレイが驚いた顔で見上げ、そして静

かに口を開いた。

「……私、今まで侯爵の言いなりの機械みたいに生きてきて友人なんて持ったことなくて、そもそも友人なんてよくわかってなくて、でもジンジャーと話をするようになって、一緒にいると楽しいとか嬉しいとか思うようになって、気付いたらジンジャーの存在がすごく大切になっていたんだ。だからジンジャーを守りたいと思って……」

そんなフレイの言葉にジンジャーの目から涙が溢れた。

「……私だってそうだよ。今まで私とちゃんと向き合ってくれる人なんていなくて、友達もできたことなくて、フレイが初めての友達で……だから心配したの……本当に心配したの。もう戻ってこないんじゃないかって考えると夜も眠れなくて……」

ジンジャーの涙腺がついに崩壊してワンワンと大きな声で泣き始めた。それにつられるようにフレイも。二人はしゃがんで抱き合って小さな子どもみたいにワンワンと泣いていた。

その姿は微笑ましくて私は二人が泣き止むまでそっと見守った。

しばらくして泣き止んだフレイが真っ赤な目を私に向けて、

「カタリナ様、助けていただいてありがとうございます。やっぱりカタリナ様は私のヒーローです」

そんな風に言ってくれた。横でジンジャーも大きく頷いた。

二人にキラキラした目を向けられてなんだか恥ずかしくなり、これからのことを話そうと訪れたセリーナと交代して二人を置いて部屋を後にした。

少し廊下を歩いたところでラーナが前から歩いてきて、廊下の隅に手招きした。そちらへ行くとラーナがぺこりと頭を下げてきた。

「ありがとう。カタリナ」

「えっ、いえ、こちらが言う台詞ですそれ」

私がそう言うとラーナはクスリと笑った。

「いや、そもそも君がいなければ私は動けなかった。すべては君のお陰だ」

「……そんなことないと思うんですが」

私がそう言うとラーナは少しだけ目を細めて、

「フレイほどではないけど、私も幼い頃から侯爵に従うように言われ続けていてね。暴言も暴力も日常茶飯事で、それでも昔、ある人に言われた言葉を胸に自分の弱い心と闘ってきたけど、それでも刷り込まれた恐怖からなのか、やはり侯爵に真っ向から挑むことはできなかったんだ」

そう語った。

「あの、でもあの時、ラーナ様はまっすぐ侯爵に向き合って戦っていました。すごくかっこよかったです」

あの私たちが見つかりそうになった時、ラーナいやスザンナが来てくれた時、その姿は凛としていてランドール侯爵に負けてなどいなかった。

私が必死にそう言うと、ラーナは、

「ああ、それも君のお陰だよ。カタリナ、君と接しているうちに君の前向きな考えに言葉に勇気をもらったんだ。だからあの男とも正面から向き合えた」

「えっ⁉」

私、そんないい発言したっけ？

目を白黒させる私にラーナはくすくすと笑って言った。

「君は幼い私に勇気をくれた人になんだか似ているんだ」

「勇気をくれた人？」

そう語ったラーナの顔がすごく嬉しそうでそう尋ねると、

「ああ、もういなくなってしまったのだけど」

ラーナの顔が一気に悲しそうになってしまい、申し訳ない気持ちになる。

「あの、すみません」

「いや、もう昔のことだ。気にしないでくれ。それに今はカタリナが勇気をくれるから大丈夫だ」

ラーナはそう言うと私に向かって綺麗に淑女の礼をした。

「カタリナ・クラエス。ラーナ・スミス、スザンナ・ランドールはこのご恩を必ず返すと誓う。君に何かあった際にはぜひ私を頼ってくれ」

それはまるで騎士の誓いのようで、私はポカーンとしてしまいまたラーナに笑われてしまった。

そしてセリーナや皆と今後のことを話し終える頃にはすっかり日も落ちかけていた。

キースと共に帰宅の馬車に乗ると疲れがどっと出て眠ってしまった。


それは懐かしい夢を見た。

使い古したエプロンをつけた前世のお母さんが最近、皺（しわ）が増えたと愚痴っている顔をくしゃくしゃにして笑っている。

『あんたたちは言動もそっくりね。中身、双子みたいだわ』

そう言って。

私たちはお互いに顔を見合わせた。まったく同じように眉をしかめて、そして、

『似てない！』

声を合わせて同じことを言った私たちにお母さんがまた笑った。

ああ、懐かしいな。


「――ちゃん」

「義姉さん、義姉さん、起きて屋敷に着いたよ」

そう声をかけられ目を開けると目の前には義弟がいた。一気に現実に引き戻された。

久しぶりに前世の夢を見たな。

「義姉さん？」

不思議そうに覗き込んでくるキースに、

「ちょっと夢を見ていて、ぼーっとしちゃった」

と肩をすくめると、優しい義弟は手を取ってくれた。

「怪我しないようにね」

キースの手につかまり馬車を降り、すっかり慣れ親しんだクラエス家の玄関をくぐる。

なんであんな夢を見たのだろう。ラーナが私を勇気をくれた人と似ているとか言ったからかな？　前世で皆に似ている似ていると言われていた記憶を久しぶりに――。

そんなことを思いながら屋敷に入れば、馴染(なじ)みの使用人たちが迎えてくれた。

私は皆に、

「ただいま」

と声をかけた。

「依頼された闇魔法の件、完了しました」

「お疲れ様、サラ。あとはゆっくり休んでいいよ」

「はい」

依頼の報告を終え、主にそう言われ、私は自室へと戻った。

繋がりのある貴族から頼まれた今回の依頼は『言うことを聞かない娘を言うことを聞くようにしてくれ』というものでそんなに難しいものではなかった。

ただ依頼主に会うとなんだか胸のざわつきを覚えた。

当たり前のように弱者を虐げ、人を道具のように使う依頼主にもう失ったはずの感情が刺激されているようだった。

そして頼まれた娘の元へ行き、闇魔法をかける準備として記憶を見ると胸のざわつきはさらにひどくなった。

日常的に振るわれる暴言と暴力、人形のようにただそれを受け入れる娘。それはかつての暗闇での日々を否応なく思い出させた。

そんな思いは自然と闇魔法にも影響した。いつものように上手くかけられなかった。

今まではこんなことはなかった。言われたことを何も考えず淡々と実行できたのに、こんな風になったのもあの女に関わるようになってからだ。

あの女に関わるようになってから、どうしても上手くいかないことが増えた。

今しがた闇魔法をかけた娘を見下ろしながらそんなことを考えていた時だった。

まるで私が呼んでしまったのではないかと思うほど唐突にあの女、カタリナ・クラエスが目の前に現れたのだ。

呆然としている間にかけた闇魔法は解かれ、私も拘束されていたけど、そんなこと大して問題ではなかった。

こんな拘束すぐ解ける。それよりなんでカタリナはこんなところにいるのか、頭は混乱しているのに自然と声は出た。

『また会ったわね』

『どうしてフレイに闇の魔法をかけたの？』

カタリナがそう問いかけてきた。

『依頼されたのよ。この屋敷の主に自分の言うことを聞くようにしろって言われたの。でもこの子、意志が強くて苦戦していたの』

それは本当だ。この子はとても強い意志を持っていてかけるのに少し苦戦した。

ただ苦戦したのはそれが主な理由ではないが、それはここでカタリナに言うことではない。

『私たち、この子をそんなひどい人のところに置いておきたくなくて助けにきたの。だからこの子は連れていくわ』

そう言ってベッドで眠る娘の手を握るカタリナ。その姿になんだか羨ましいような不思議な感覚がした。

なんで？　自分自身の心がわからない。そのそも私に心などあったのだろうか。そんなおかしな感覚を追い払おうと私は投げやりに言う。

『好きにすればいいわ。私は言われたことはやったからもうどうでもいい』

そんな私にカタリナは、

『あなたはどうする。一緒にくる？』

そう言って手を差し出したのだ。

こちらに伸ばされた手。胸がざわざわした。そんな自分に我慢できなくて私はその場を逃げ出した。

そして主のところに戻ってきた。だってここが私の帰るべきところだ。私は主の道具なのだから。

あの伸ばされた手を取りたいと思ってしまったことなど、気のせいにきまっているのだから。

フレイを救出した日から数日が経った。
あの日、フレイがいなくなったことに気付いたランドール侯爵はそれはそれは取り乱して大変だったようだ。

まずはあの日、大暴れしたスザンナを疑い、乗り込んできたらしいがそこはジェフリーとともに撃退したそうだ。

そして、しばらくしてバーグ公爵家がフレイを保護しているのを知ったそうだ。

バーグ公爵家は堂々と『娘の友人が保護を求めてきたので保護した』と言い、隠す様子もなかったのでわりとすぐに気付いたらしい。

それですぐにバーグ公爵家に乗り込んだらしいが、返り討ちにあったそうだ。

それでも『自分の子どもを返せ！　誘拐だ！』とかなり頑張ったようだが、この国では成人した人間には自身の権利がしっかりと認められている。これは現国王が作った法だ。

よってすでに成人しているフレイが自分の意思をしっかりと表明してバーグ公爵家を頼っている以上、法的にも問題ない。

そのためランドール侯爵ができることはせいぜいいつものように悪い噂を流すことくらいだが、それも同等、いや今回の件でジェフリー王子の元へ乗り込み喚き散らし不評をかったランドール侯爵より格上のバーグ公爵家が相手では上手くいかず、荒れに荒れているらしい。

フレイとジンジャーはバーグ公爵家の保護の元でしっかりした護衛もつけてもらいランドール侯爵の手の者に近づかれることなく学園生活を送れているという。

私の方も、今はフレイたちのことで手いっぱいなランドール侯爵がちょっかいをかけてくることはできないだろうということになり、晴れていつも通りの生活に戻れた。

いや、よかった。よかった。畑作業もはかどるわと手拭いで汗を拭いていると、

「カタリナ」

そう呼ぶ声がした。よく知る声に振り返れば思った通りジオルドがニコニコとこちらへ歩いてきた。

「ジオルド様も、もう大丈夫になったんですね」

フレイ救出から数日、ようやくジオルドのところからもランドール侯爵の手の人たちがいなくなったらしいと聞いたのはほんのさっきのことだ。

「はい。カタリナのお陰ですよ」

ジオルドは目を細めてそう言った。

「いえ、皆のお陰です。でも、ジオルド様の顔色も戻ってよかったです。あのままだったらきっと倒れちゃってましたよ。もう無理しすぎないでくださいね」

私の言葉にジオルドが一瞬、きょとんとしてそれからふわりと微笑んだ。社交界での笑顔でない本当に嬉しそうな笑みだ。

「カタリナにはなんでもお見通しですね。わかりました。今度、大変な時はカタリナを頼らせてもらいますね」

「はい。どーんと頼ってください」

そう言って胸を張ると、ジオルドはその長い腕を伸ばして私を抱き寄せた。そして耳元で
「ふふふ。頼りにしていますよ」

そんな風に笑って言った。くすぐったくてなんだか恥ずかしくてかっーと顔に血が上る。

「はい。そこまでですわ。しばらくぶりの再会ですし、大目に見ていましたが、これ以上は許せません」

「えっ、メアリ。いつ来たの？」

いつの間にかやってきていたメアリが私とジオルドを引き剥がしていた。

「少し接近を許すと、すぐこういうことするんですから、もう義姉さんも気を付けてください」

キースもやって来てそう言ってさらに私をジオルドから離した。

「そうだぞ。ジオルド、お前はもう少しそのなんだ。慎みを持ったほうがいいぞ」

アランはそんな風に言ったけど、その直後にジオルドにじろりとされるとすごすご後ろに下がった。

「ジオルド、お疲れ様だったな」

ニコルが無表情でジオルドに労いの言葉をかけた。

「カタリナ様、見てくださいおすすめロマンス小説の新刊です」

ソフィアはいつものごとく周りとか気にならないようでニコニコと本を掲げていた。

「私はおやつを作ってきました。ぜひ食べてください」

マリアがにこやかにバスケットを揺らした。

いつもの日常、いつも通りの素敵な日々だ。

ジオルドも最初こそ、顔を顰めていたけどいつの間にか楽しそうな表情になっていた。

そんな皆を見つめどうかこの幸せな日々が続きますようにと私は心の中で願った。

かえってきた日常

I was reborn as a villain daughter

「ジオルド様、お手紙が届いております」

そう言って古くから仕えてくれている使用人が一枚の手紙を運んできた。

ここしばらくランドール家の手の者に囲まれており気を張っていたので、こうしてまた周りがいつも通りの使用人たちに戻り心が休まる。

「ありがとうございます」

そう言って手紙を受け取り、書かれた文字を見ると今度はとても幸せな気分になった。

それが愛する人が書いた文字だったからだ。

すぐに中身を出して、確認すると『お疲れ様お茶会の招待状』と書かれていた。

どうやら今回のランドール侯爵の一件のお疲れ様会をクラエス家で開くということらしい。

そのために都合のいい日を教えて欲しいという手紙だった。

お茶会は『この日に開催するので来てくれ』というものがほとんどだが、彼女はこちらの都合を聞いてくることが多い。

親しくない者からはずんずんと一人で進んでいきそうな印象を持たれることが多い彼女だけど、実はかなり人を気遣うことに長けている。

恋愛方面にこそひどく鈍いが、それ以外の体調面や心の機微には聡い。このお茶会もそういった気遣いのもとに企画してくれたのだろう。

『カタリナ・クラエス』と書かれた署名にそっと指を這わせる。それだけで気持ちが温かくなる気がするから不思議だ。

正直、ランドール侯爵の手の者に囲まれ、カタリナに会えない日々はかなりきつかったが、ジオルド・スティアートがそのくらいのことで疲れた様子を見せられないと、さらに気を張りいつも通りを装った。

幼い頃、なんでもなんなくできることからつけられた『完璧な王子』というイメージを維持するために多少、無理をしていることは自分でもわかっている。だが今更、完璧ではない弱い部分をさらけ出すこともできず、その結果、疲れてしまうこともある。

そうして疲れた姿も演技で上手くごまかせるため、より完璧だと言われてしまうという悪循環の日々だ。

しかし、カタリナだけはそんな僕の演技を見抜くのだ。

自分では完璧にごまかせているはずのいつも通りの演技、実際に古くからの使用人にも双子の弟であるアランにも気付かれたことのないそれをカタリナはすぐに見破る。

そしてそのたびに『無理しないでください』と口を尖らせ怒った後に、心配してくれる。幼い頃からずっとだ。

どうしてカタリナにはすぐばれてしまうのか疑問で聞いてみたことがある。

カタリナはきょとんとした顔で『どうしてわかるのか、ですか？　そんなの見ればすぐわかりますよ』となんでもないことのように言って、その後も僕の演技を見破り続けている。

完璧な王子であるジオルド・スティアートの隠している弱い姿を、よりによって守るべき婚約者に見られてしまっている。

最初の頃こそそのことに少し焦ったが、今ではそれが心地よくて嬉しい。自分の本当の姿をわかってくれる人がいるというのは、なんというかすごく幸せなことなのだと気付いた。

カタリナの前では無理に取り繕う必要はない。僕が完璧でなくてもカタリナはそれで僕を見限ったりしないとわかっているから、彼女の隣はこの世で一番、居心地がいい。彼女の傍にいれば疲れも吹き飛んでいく。

だからこそランドール侯爵の件で彼女に会えない日々は堪えたのだ。

我慢しきれず、またカタリナが危険なことをするかもしれないと聞いて、完璧な変装をして乗り込めば、彼女はすぐに僕に気付いてくれた。

当たり前みたいに僕に気付くカタリナにもう何度目かわからないほどに、また強く惹かれていく。

最初はなんだか面白そうだと思って近づいただけのカタリナ・クラエスという女性が気付けば、僕の中であまりにも大きくなっていた。

こんなに誰かに惹かれることがあるのかと思うほど惹きつけられ、これ以上はないといつも思うのに、またどんどんと惹きつけられる。いつしか、カタリナは僕の人生においてなくてはならない人となっていた。

カタリナの傍にいるためならばなんだってする。そんな風に思ってしまうほどだ。

僕が一番、恐れることはカタリナが傷つくことだ。ましてや彼女の身に何かあったらと考えると、身体中の血の気が引くような気がする。

だからこそ彼女の危険を回避するためになればと今回のランドール侯爵の件も引き受けたのだが、その結果は芳しくなかった。

ジェフリーが謝罪にきたのは、ランドール侯爵の手の者が退いた直後だった。

「すまない。ジオルド。お前にかなり苦労をかけたのに結局、ランドール侯爵の裏にいるであろう人物を掴み切れなかった」

いつものひょうひょうとした雰囲気はまったくなく真剣な顔をしたジェフリーがそう言って頭を下げてきた。

なんでも今回の件であぶり出そうとしたランドール侯爵の裏にいた厄介な敵は、ランドール侯爵が派手に動き下手をしたとわかるとすぐに切り捨てたらしく、見事にその存在を消し、いくら調べてもその存在を掴めなかったそうだ。

正直、僕も苦労したのでそれが報われなかったことはショックではあるが、優秀なジェフリーであってもそこまで掴み切れない人物となればそうとうな敵なのだろう。そうなれば仕方がないことだ。

「あなたに調べきれないのなら、僕ではそもそも無理な話でしたので仕方ありません」

僕がそう返すと、ジェフリーは目を見開き、

「お前にそんな評価してもらえて嬉しいよ。ありがとう」

と少しだけ頬を緩めたが、すぐにまた真剣な顔になり、

「今回のことでわかった。敵は俺が想像していたよりかなり厄介な相手のようだ。僕も気を引

き締め、より周りを気にかけるつもりだが、ジオルドのほうも気をつけてくれ」

と告げた。

優秀でなんでもひょうひょうとこなす兄がここまで言うということは本当に危険な敵なのであろう。

僕は兄に深く頷いた。

僕の持てるすべてを使っても守るつもりだ。だって彼女に何かあったら僕はもう生きていけないから、カタリナ――。

それからカタリナの周りに密かに見張りと護衛を兼ねた者をつけた。ただそのあたりはクラエス公爵もすでに手配していたらしく、そのために公爵家の許可も得た。こういう時に婚約者であってよかったと思う。

ものすごい人誑しであるカタリナを慕う者が多い中で、こうして堂々と隣にいることができる立場というのは非常にありがたいものだ。

カタリナ、なんとしても必ず君を守り抜くよ。

もう一度、手紙に書かれた署名をそっと撫でて、僕は手紙の返事を書き始める。

お茶会当日、手土産を持参しクラエス家へ出向けば、予想通り、他のメンバーが集っていた。

手紙には皆でとは書いていなかったが、おそらくそうなのだろうと予想していたのでやっぱりなという感じだ。むしろ双子の弟アランが本日、出かける支度をしていたのでそこでほぼ確定だなと思ってはいた。

そんなアランは婚約者という名の主人であるメアリ・ハントをエスコートしている。ここは年々、しっかり躾けられていっているなと兄としては少し生暖かい目で見てしまう。

アスカルト兄妹に、マリア・キャンベル、そしてカタリナの義弟のキース。まったくいつも通りのメンバーである。

ちなみにカタリナ曰く、同僚のソラ・スミスにも声をかけたが、この面子のなかに入るのが恐れ多いと断られたとのことだ。

僕としては馴染みの面子だが、僕やアランを含め確かに国の最高峰に当たるメンバーではあるからな。

そんな最高峰のメンバーに一身に好かれているカタリナは、

「皆のために最高に美味しいお菓子を用意しました」

と満面の笑みで準備されたテーブルを示して言った。

「しょっぱい系から甘い系まで色々と取りそろえました。お茶も色んな種類を用意したので好きなものをどうぞ」

にこにことそう言うカタリナは菓子を食べるのが大好きだ。そんなカタリナが今日のためにと一生懸命選んだのであろう様々な菓子がテーブルに綺麗に並んでいる。カタリナが皆に感謝しているという気持ちを感じ、胸が温かくなる。

皆が席につくとカタリナは、

「この間のフレイの件では皆、色々と協力してくれて本当にありがとう。私だけではどうにもならなかった。皆がいてくれたお陰よ」

そう言って頭を下げた。

「その件はもうちゃんとお礼をいただきましたので、十分ですわ。今日は皆で集まれたことを楽しみましょう」

ちゃっかりカタリナの左隣をキープしたメアリがにこにことそう言えば、カタリナは、

「ありがとう」

と頬を緩めた。

そしてカタリナはフレイ・ランドールとジンジャー・タッカーがバーグ家に保護され元気にしていること、協力してくれているバーグ家、またセリーナも問題なく過ごしていることなどを話してくれた。

ちなみにセリーナ・バーグは今回の件でフレイ保護に（セリーナに危険が及ぶのではないかと）いまいち乗り気でなかった兄イアンにその内面の強さや行動力を見せつけ、ただでさえセリーナにベタ惚れのイアンをさらに惹きつけ、より仲が深まったということだ。兄のそんな話はあまり聞きたくないなと思いつつ、内心、羨ましくも思ってしまった。

そんな風に今回のことの顛末を説明し終わったカタリナは、マリアが手土産に持ってきたと

いう菓子を食べ、絶賛し始めた。

カタリナは身を乗り出してマリアを称え、それにマリアも頬を染める。

その様子はなんだか思い合う恋人のようにも見えてしまい面白くない。

そもそもマリア・キャンベルはその菓子作りの腕や穏やかな性格から非常にカタリナに好かれており、また彼女も同じようにカタリナを好いているため、密かにライバルになるのではと常に警戒している存在だ。

そんな二人のやり取りにスマートに口をはさみ終わらせて、さてカタリナと話そうとすると、今度はソフィアが口を開き小説の話を始めてしまった。

その聞こえてくる内容は貴族令嬢が読んでいいものなのかとやや疑問に思うもので、思わず兄であるニコルに視線を移せば、どこか遠い目をして現実逃避しているようだった。

こちらはメアリとアランを見習って、兄としてもう少し妹を躾けて欲しいものだ。

マリアとのやり取りと違いとても口をはさめない弾丸のようなソフィアの熱弁がようやく終わると、今度はメアリが口を開く、

「カタリナ様、私、最近、疲れをとるためのマッサージというものを勉強し始めたのです。今度、カタリナ様に試させてもらってもいいですか？」

「マッサージしてくれるの？　嬉しい」

素直に喜ぶカタリナに、僕は一抹の不安を感じ、声をかけようと思ったがその前に、

「おい、メアリ、マッサージってこの間、俺で練習させろって言ってきてしたあれのこと

か？」

　アランが先にメアリにそう問いかけた。

　どうやら主人は本番の前に子分で練習していたようだ。仲が良いことで結構なことだ。

「はい。あれは簡易的なものですが、カタリナ様にはもっとじっくり丁寧にさせていただきますわ」

「あれをじっくり丁寧に！　ちょっ、メアリ、それはさすがにあれじゃないか⁉」

　とアランは顔を赤くして狼狽えている。一体、どんな練習だったんだ――というかメアリのマッサージは絶対、カタリナにはさせないようにしなくてはと心に決める。

「メアリ様、大丈夫ですよ。義姉のマッサージくらい義弟である僕がしてあげますので、メアリ様はこれからも婚約者であるアラン様をマッサージしてあげてください」

　キースがやはりメアリによるマッサージを阻止しようとそのように口にしたが、それもとても許容できない。

「キース、カタリナの疲れは婚約者である僕が癒してあげますから、君は早く君の婚約者をみつけてその方をいやしてあげればいいですよ」

　僕がにこりと笑ってそう言えば、

「ジオルド様、婚姻前の男女がそう気安く触れ合うものではないですよ。そこは家族である僕にお任せください」

　キースも笑顔でそんな風に返してくる。

「あれ、キースは先ほどメアリとアランのマッサージは推奨していたではありませんか、それは僕とカタリナに代わっても何も問題ないですよね？」

僕の言葉にキースがぐっと詰まったところで、

「いえいえ、そもそも男性が気軽に女性に触れるのがそもそもいけませんわ。ですからそこは同じ女性同士の私にお任せください」

と自分は男の子分（アラン）を練習台にしている女、メアリがそんなことを言って参戦してきた。

「えっ、メアリ様はアラン様にしてるのに！」

キースがもっともな返しをして、

「女性から男性はいいんです」

というよくわからない理論を浴びせられていた。そこに、

「あの、私もよく母にマッサージをしてあげるので、それなりにできます」

とマリアまで参戦してきて、おまけに、

「なら、私も勉強しますわ！　本でたくさん読んでるのできっとすぐできますわ。お兄様で練習して腕を磨きます！」

なんてことを言ってソフィアまで入ってきた。

「本で読んだだけのことを俺で練習……」

兄ニコルは珍しく嫌そうな顔をしているが、妹の方はそんな兄の顔など見ていない。

そんな風にワイワイと皆がしゃべりだし、テーブル内はめちゃくちゃな雰囲気になった。

なんだかここに入るのは面倒になり遠巻きに眺める姿勢になると、隣に座っていたカタリナがクスクスと笑っているのに気が付いた。

「どうしたんですか？」

と問いかければカタリナは、

「なんだかすごくいつも通りで楽しくて」

そう言って笑った。

「日常が戻ってきた感じですね」

僕がそう言うと、カタリナはぱっと明るい顔をして、

「そうです！　私もまさにそう思ってたんです！　考えること一緒でしたね」

などとそれは可愛らしい顔で胸が大きくどくりと鳴り、そして顔に熱があがってくる。そこに、

「あっ、そうだ！　実はこう見えて私もマッサージできるんですよ。上手かどうかはわかりませんが、今度、ジオルド様がお疲れの時にしてあげますね」

さらにそんなことを言ってきたので、もう顔がひどく熱くなってしまい、せっかくのチャンスだというのにカタリナとろくに語らうこともできず、必死に顔の熱を下げる羽目になってしまった。

僕の愛する人は時々、ひどく心臓に悪い。

あとがき

皆さん、こんにちは、お久しぶりです。山口悟と申します。

『乙女ゲームの破滅フラグしかない悪役令嬢に転生してしまった…』も十二巻目となりました。

お仕事の諸事情により前の巻から一年以上、間があいてしまいました。お待ちいただいた方はすみませんでした。

その分、気合を込めて書いたつもりですので、どうぞよろしくお願いいたします。

今回の話は魔法学園の後輩たちの話になります。

前々から彼女たちについては色々と考えていたのですが、そのあたりをじっくり書かせていただきました！

彼女たちは実は――――だった!? というお話です。気になった方はぜひ本編を読んでみてください。

さて前の巻から今の巻が出る間に、ゲームが発売されたり、舞台が公演されたりと色々と展開していただいて嬉しい限りです。

舞台はコロナ禍の影響もあり実物は見られなかったのですが、映像を見せていただき、感動させていただきました。

そして来年にはついに映画が公開予定です！　すごいです！

思えば始まりは『小説家になろう』様のサイトにて掲載させてもらったことでした。素人が書いた拙い話を読んで感想をくれた方々に励まされ、書き続け、気がつけばこんなすごいところまでやってきてしまいました。

人に話すと「作り話でしょう」と言われてしまうような話です。私自身もそう思うと思います。そんな作り話みたいな話を現実にできたのも、この話を読んで応援してくださった皆様のお陰です。皆様がいなかったらきっと『山口悟』という作家は今、存在しなかったと思います。本当にありがとうございます。

最後に、いつも素敵なイラストを描いてくださるひだかなみ様、編集部の担当様、また本作を出版するのに力を貸してくださったすべての皆様に心よりの感謝をもうしあげます。皆様、本当にありがとうございました。

山口　悟

IRIS
ICHIJINSHA

乙女ゲームの破滅フラグしかない悪役令嬢に転生してしまった…12

2022年11月1日　初版発行

著　者■山口 悟
発行者■野内雅宏
発行所■株式会社一迅社
〒160-0022
東京都新宿区新宿3-1-13
京王新宿追分ビル5F
電話03-5312-7432（編集）
電話03-5312-6150（販売）
発売元：株式会社講談社
（講談社・一迅社）

印刷所・製本■大日本印刷株式会社
ＤＴＰ■株式会社三協美術

装　幀■萱野淳子

ISBN978-4-7580-9499-3

●この作品はフィクションです。実際の人物・団体・事件などには関係ありません。

この本を読んでのご意見
ご感想などをお寄せください。

おたよりの宛て先

〒160-0022
東京都新宿区新宿3-1-13
京王新宿追分ビル5F
株式会社一迅社　ノベル編集部
山口 悟 先生・ひだかなみ 先生